W I N G S ・ N O V E L

新・霧の日にはラノンが視える

縞田理理
Riri SHIMADA

新書館ウィングス文庫

S H I N S H O K A N

新・霧の日にはラノンが視える

目次

新・霧の日にはラノンが視える

・ストーリー＆人物紹介・

シールシャ

魔女。不幸な過去と決別し《風の魔女》の異名通り自由に生きている。

アグネス

ラムジーの幼なじみで彼に想いを寄せている。先祖返りの巨人族。

レノックス

海水を操るブルーマン。大柄でガサツだが、面倒見はいい。

ロンドンと対《つい》をなす妖精郷ラノン。ラノンを追放された妖精たちの相互扶助《ふじょ》組織が《在外ラノン人同盟》だ。王位継承争いを避けて自らやってきた元王子ジャックを盟主《めいしゅ》に、今やジャックの右腕となったブルーマンのレノックス、こちらの世界生まれの人狼《ウェアウルフ》ラムジーらは、ロンドンの街で人間たちに混じっておおむね平和に暮らしている。

＊ジャックが盟主になるまでの波瀾万丈の物語は、ウィングス文庫「霧の日にはラノンが視える」でお楽しみください。

ジャック
ラノンの元王族。現在は
同盟の盟主を務める。
《霧の瞳》《フロスティ・ブルー・アイ》の持ち主で氷
や雪を操る。
ランダル
同盟の前盟主。現・葬儀
社会長。老獪《ろうかい》なやり手。
ラムジー
クリップフォード村出身。
先祖返りの人狼《ウェアウルフ》で、満月
が近くなると狼の姿に
なる。
通常時の
ラムジー

イラストレーション◆ねぎし　きょうこ

真夏の夜の夢

0　地獄穴

日が落ちて涼しい夏の夜空を飛ぶのは気持ちよかった。

藍《あい》色の空には雲一つなく、城の脇に立つ硝子《ガラス》の処刑台に銀砂《ぎんさ》の流れのような星々が映り込んでいる。

きれいだった。

それが《地獄穴》の縁に立っていることとか、ラノンを支配するダナ王の名のもとに管理されていることとか、数百年に亘《わた》り罪人を処刑するため使われてきたなどということは、キーフにとってはどうでもいいことだった。

きれいだから近くでもっとよく見たかっただけだ。

大きく羽搏《はばた》いて処刑台の上を旋回《せんかい》する。

処刑台の硝子は蔓草《つるくさ》のように優美な曲線を描き、夜空の藍を映す表面には無数の星々がゆらゆらと揺らめいて見えた。

あれに、触りたい。

自分の翼では空の星に届かないけれど、あそこなら届く。

キーフは翼をすぼめ、処刑台のてっぺんにふわりと舞い降りた。

丹念に磨《みが》き上げられた硝子のひんやりと滑《なめ》らかな感触。

その表面を、星の光がきらりと流れる。

きらり。きらり。ゆらり。ゆらり。

なんて、きれいなんだろう。

静止した水のように透き通った硝子の面できらめく光を捕まえようとする。捉えられそうで、捉えられない。夢中になって光を追いかける。

あと少し……！

そのとき、つるりと足が滑った。突然処刑台が傾き始めたのだ。滑らかな硝子にはつかまり所がない。

慌てて翼を広げ、傾いていく処刑台から飛び立とうとした。

ところが、どうしたわけか飛び立てないのだ。翼は虚《むな》しく空を切り、身体は硝子の表面をつるつる滑り落ちる。

落ちる、落ちる、落ちる……！

普段は《地獄穴》の入り口を塞《ふさ》いでいる扉が処刑台の動きに連動してぱっくりと口を開いた。

消し炭よりも真っ黒な底のしれない穴が現れる。

悲鳴が迸《ほとばし》った。必死の羽搏きも空《むな》しく一直線に穴の底へと引き込まれていく。

《地獄穴》は落ちてくる犠牲者を悲鳴もろとも飲み込むと、何事もなかったかのように再び口を閉ざした。

1　灰のルール

六月。ロンドンの街を渡る風は爽《さわ》やかに甘い。

ジャック・ウィンタースは自転車のペダルを軽く漕《こ》いでテムズ河畔《かはん》をゆっくりと走った。

六月はおそらくロンドンが一番美しい季節だろう。家々の軒先にゼラニウムや薔薇《ばら》が咲き乱れ、夏至《げし》の太陽が水滴のひとつひとつに映り込んできらきらと煌《きら》めく。色つきの眼鏡レンズを通しても対岸に建ち並ぶ摩天楼《まてんろう》の反射が眩《まぶ》しい。

タワーブリッジの近くで馴染みの屋台カフェを見つけ、自転車を停めた。

「いつものを一杯貰えるかな。出勤途中だからラム酒は抜きで」

「車でもねえのに、相変わらずおかてえな」

カフェおやじのアーニーは底抜けに明るい笑顔で持参したタンブラーに淹《い》れ立ての紅茶を詰

めてくれた。

「ほいよ。ラム抜きの砂糖二パック入りだ」

「ありがとう、アーニー」

この世界に落ちてきたとき最初に会った人間がアーニーだった。右も左も判らなかった自分に、ここでの生き方を文字通り一から教えてくれたのだ。自転車の乗り方を教えてくれたのもアーニーだった。

「ジャック、そのサングラスしゃれてるじゃねえか」

「同僚が薦《すす》めてくれたんだよ。これをかけると眩しさが少なくなるんだ」

「おめえさん、目の色が薄いからな。オレにゃあ必要ねえがよ」

ジャックの瞳の色は薄いどころではなく、積もった雪に落ちる影の淡さだ。ほとんど白と言っていいほど薄い《霜の瞳《フロスティ・ブルー・アイ》》はラノンでも珍しいが、この世界ではまず見ることがない。好奇の視線を避けるためにも色つきの眼鏡は役に立つ。

「まあ、おめえさんにゃ似合ってるぜ、色男」

「色男は余計だよ」

アーニーは、うすうす気付いているのではないかと思う。

ジャックが『人間』ではないことに。

だが、何も聞かずいつも同じように温かい紅茶を出してくれる。それが何よりありがたかった。

「ところで、景気の方は？」

「あー、まああってとこさ。いろいろあるが。この国も在留資格だのなんだの厳しくなってきてんだ。おまけに家賃は上がる一方でよ。今じゃ、まえみてえに不法占拠《スクウォッティング》もできねえ」

「そうか……」

アーニーはジャマイカという土地の出身でこの世界の『人間』だが、異国人であるために苦労を強《し》いられていた。

この国の多数派の『人間』とアーニーたちとの違いは肌の色だけだというのに。

この世界には角《つの》や蹄《ひづめ》などの異形《いぎょう》を持つ種族がいない。だから些細《ささい》な違いにことさらこだわるのだろう。

「困ったことがあったら言ってくれ。僕にも何か出来ることがあるかもしれない」

真夏の太陽をいっぱいに吸い込んだような濃い焦《こ》げ茶色の目が陽気にウィンクした。

「なーに、おめえさんに頼るほど落ちぶれちゃいねえよ」

◆◆◆

レノックス・ファークハーは愛車のジャガーを来客用の駐車スペースに停め、《ラノン&

Ｃｏ《カンパニー》葬儀社》のすり減った石段を駆け登った。

「おはようございます、レノックスさん。おはやいですね」

「おうよ！」

ジャックの奴が来る前にやっておくことがある。挨拶《あいさつ》もそこそこに百合《ゆり》の香りに満たされたエントランス・ホールを後にし、廊下の突き当たりの白漆喰《しろしっくい》の壁の前で二、三度瞬《まばた》きした。たちまち壁は薄れ、壁の向こうに続く廊下が視《み》えてくる。

人間にはこの壁の向こうは視えない。ここから先は《在外ラノン人同盟》本部、人間たちが『妖精』と呼び習わす者たちのためのエリアだ。

『妖精』なんて呼び方をされるのは心外だが。

自分は『ブルーマン』という誇《ほこ》り高い海の種族に属しているのであって、他の種族と十把一《じっぱひと》からげに妖精なんて呼ばれたくない。

人間の目には視えない廊下にどかどかと踏み込んだレノックスは盟主《めいしゅ》ジャック・ウィンタースの執務室へと急いだ。

よし。ジャックはまだ来ていないな。

空調装置のスイッチを入れ、暖房モードになっているのを確かめる。三十秒ほどすると、装置は音を立てて温かい空気を吐き出し始めた。

「これでＯＫ……と」

そのとき、この部屋の主《あるじ》であるジャックが入ってきた。

「やあ。はやいな、レノックス。まだ始業三十分前だ」

「あんたこそはやいじゃないか、ジャック」

「雨が止《や》んで天気が良かったからはやめに出て自転車で街を走ってきたんだ。薔薇が奇麗だったよ」

ジャックがサングラスを外すと雪玉のように淡い青の双眸《そうぼう》が顕《あらわ》になった。ジャックと知り合って数年になるが、いまだに髪の黒を裏切る淡い色の瞳を見るとどきりとする。

この恐ろしくも美しい《霜の瞳》を持つのはラノンの支配者であるダナ王族の直系だけだからだ。

蒼白い瞳が空調装置を不思議そうに見上げた。

「暖房を入れているのか？　六月に？」

「六月だからって油断するんじゃない。ロンドンの天気は一日が一年ってくらい気紛《きまぐ》れだ。外の気温は十度だぞ」

「それは寒いのか」

「三月並みの気温だ。そこそこ寒い」

「そうなのか。気をつけよう」

「そうしてくれ。てか天気予報くらいちゃんとチェックしろ」

レノックスは小さく舌打ちした。

昨夜《ゆうべ》、『スマートフォン』が季節外れの寒さを告げていたからジャックより早く来ようと思ったのである。

案の定、奴は予報を見ていなかった。

ジャックは生まれつき『寒さ』というものが分からない。

雪や氷を自在に操る《霜の瞳》を双方の眼に持って生まれた代償に寒さ、冷たさという感覚を失ったのだという。にもかかわらず寒さから自分を守る魔力は持っていないときている。

この男は放っておくと気がつかないうちに凍死する危険があるのだ。以前にも低体温症になったり、ドライアイスを素手でつかんでレノックスを青ざめさせている。

最新式の空調装置はジャックが盟主に就任《しゅうにん》したときに導入させた。人間の機械なんぞ嫌いだが、触媒《しょくばい》である《妖素《ようそ》》がほとんど存在しないこの世界ではラノンでしていたように魔法で温かさや涼しさを保つのは贅沢《ぜいたく》すぎる。

感覚がないならもっと自分で気を配れと思う。

いや、分かってる。この男は自分のことには無頓着《むとんちゃく》な性質なのだ。仕事に対しては真摯《しんし》だが。

そういう意味ではジャックは前盟主のランダルと似ていた。

老獪《ろうかい》なランダルとしなることを知らない若木のようなジャックは一見すると正反対のようだが、やり方が違うだけで根本の部分ではよく似ている。

ランダルがジャックを後任に選んだのは何もダナ王家の血筋だからではないのだ。

「せっかく早く来たのだから仕事の話にはいろう。レノックス、新たな追放者の手掛かりは？」

「まるで無しだ。去年の七月から一人も見つかっていねえ」

「この一年で一人も追放者が出なかったというのは考えにくいな。僕らが見つけられずにいるということだ」

ダナ王国は妖精世界ラノンから罪人を追放するのに《地獄穴》を使っている。受刑者は追放だとは知らされないので落ちて死ぬと思っているが、行き先はこのロンドンなのだ。

「追放者が見つからなくなった原因はなんだと思う？」

「一番大きな要因は探す場所が減ったってことだろうな。監視対象だったホームレス援助施設や難民シェルターがいくつか閉鎖になっちまってな」

《地獄穴》に落とされた追放者がロンドンのどこに落ちるかはその都度違う。

九百万近い人口をかかえる巨大都市ロンドンで顔も名前も分からない追放者を捜すのは至難の業《わざ》だ。だが、この世界での生き方を知らない追放者は難民やホームレスへの食料援助の列に並んでいることがある。だから《同盟》ではそういった場所を常時チェックしていて、過去に何人も発見していた。

「異形のある種族なら噂になるからまだ見つけやすいんだが、人間と見分けがつかないダナやタルイス・テーグ族はさっぱりだ」

「施設は何故閉鎖になったんだ？」

「人間たちの事情だ。助成金打ち切りのうえ、寄付も減ってＮＰＯが資金難らしい」

「やはり移民への感情は悪化しているのか」

「そうらしい。物騒《ぶっそう》なテロ事件とかあったからな」

「そうか……」

ジャックの表情が曇《くも》った。

「僕らも不法滞在者だ。僕らに彼らを助けることはできないだろうか。例えばの話だが……ガンキャノホ族の《グラマリー》の術を応用して人心《じんしん》を操《あやつ》るとか……」

レノックスは目を剝《む》いた。

ジャックの奴、いったい何を言い出すんだ？　人間の移民のために魔法を遣うだと……？

同盟に入る前、人間社会に混ざって暮らしていたジャックが人間に親近感を持っているのは知っている。だが、それとこれとは話が別だ。

「一国の人心を変えるような大魔法にどれだけ《妖素》が必要か分かってるのか？　そんな余裕があるなら仲間にもっと配れるだろう！」

《在外ラノン人同盟》の理念は追放ラノン人の相互扶助《そうごふじょ》だ。

この世界には僅《わず》かしかない妖素を管理して仲間たちに分配するのは同盟の最も重要な役割だが、これは大きな争いになりかねない火種もはらんでいた。

「それは……分かっているが……」

「いや、あんたは魔法を遣わずに自力で暮らせてたから分からないんだ！　誰もがあんたみたいに出来るわけじゃない。たいていの連中は魔法が遣えないだけでフラストレーションが溜まるんだ！」

皆、咽《のど》から手が出るほど欲しがっている。

そもそも《同盟》は妖素を巡《めぐ》る争いに終止符を打つために結成されたのだ。

ラノンの空気や水に含まれている妖素は一旦体内に取り込まれるとほとんど排出されない。そのため、ラノンから来た人間の体内には妖素が蓄積《ちくせき》している。特に骨には高濃度でだ。

《同盟》が結成される前は追放ラノン人同士の殺し合いが頻発《ひんぱつ》していた。それもこれも妖素が欲しかったからだ。

初代盟主の定めた《灰のルール》によって殺し合いは激減したが、妖素分配への不平不満は常にくすぶっている。《同盟》の管理分が全体量の二分の一を占めているからだ。

管理分がいざというときいかに重要かは魔術者フィアカラとの闘いで身に沁《し》みた。あれがなかったら皆いまごろ生きていなかっただろう。

だが、一般会員にはそんな運営側の事情は知ったことではない。会員たちに分かるのは自分たちの取り分が少ない、ということだけだ。

「だいたい、こうしている間にもロンドンのどこかで仲間が野垂《のた》れ死にしてるかもしれないってのに、人間の心配なんぞしてるヒマがどこにある……！」

機械と騒音に溢れたロンドンは追放ラノン人にとって想像を絶する恐ろしい場所だ。せっかく死罪を免《まぬが》れて辿《たど》り着いたこの街で自《みずか》ら命を絶つ者も少なくないのだ。

ジャックが俯《うつむ》いて瞼《まぶた》を伏せた。淡い瞳に薄青い影が落ちる。

「レノックス。短慮だった。今のは忘れてくれ」

「あ……」

しまった。つい熱くなって言い過ぎた。

「ジャック、俺は、その……」

口先まで出かかった謝罪の言葉を、ノックの音が遮《さえぎ》った。

「誰だ？」

「エルガーです。盟主」

「開いているよ。入って」

二十五年間自分の部屋だった執務室に音もなく足を踏み入れた前盟主ランダル・エルガーはちらりとこちらに目を向けた。

「お取り込み中でしたか？　私の用件は後にしましょうか」

「いや……俺はもう出るところだ」

畜生、なんであんな言い方をしてしまったのか……。

ジャックがいつも仲間のことを考えてるのは分かってたってのに……。

いつまでも青臭いジャックの奴を見ていると、つい説教したくなってしまうのだ。その青さを含めての奴だってのに。

「……俺は警察を当たってみる。見つかっていない追放者は必ずいる筈だ」

◆◆◆

レノックスが肩をいからせて執務室を出ていってしまうと、ジャックは小さくため息をついた。

「……僕は、まだまだだな」

レノックスは正しい。彼の言うことは至極《しごく》もっともだ。

分かっていたのに、来る途中でアーニーと話したばかりだったのでつい口から出てしまったのだ。

「盟主。レノックスは裏表がない男です。ですが、裏表がないというのもときに厄介《やっかい》なものなのですよ」

「彼に悪気がないのは分かっているよ」

長い間盟主の座にいたランダルが自分に対して『盟主』と呼びかけるのはどんな気持ちなの

だろうと思った。

ランダル・エルガーはジャックの父と言っていいくらいの歳で、ダナ人には珍しい金髪を一つに結んでスーツの背にたらしていた。

静かな水面のような男だ、と思う。だがその水面の下にあるのは全てを呑み込んで沈黙する深い淵《ふち》なのだ。

ほとんど罠《わな》にはめるようにしてジャックを盟主に就任《しゅうにん》させたのはランダルだ。だが、自分は彼や仲間たちの期待に応《こた》えられているだろうか。

自分には負い目がある。彼らをラノンから永遠に追放したのは父、ダナ王なのだ。だからこそ、異郷で生きる仲間たちを全力で守っていかなければならない。

「盟主。こちらにサインをお願いします」

ランダルが取り出したのは妖素使用許可申請書だった。

申請理由は取引関係にある人間の裏社会からの依頼で《惑わし》を遣いたいという内容だった。

伝統的に、《同盟》は人間の裏社会と繋がっている。

この世界に落ちてきた追放者には身元を偽造することが必要だからだ。その見返りとして彼らを魔法で助けてやるという持ちつ持たれつの関係になっている。そして何か問題が起きたときは、相手の記憶を消してしまう。

盟主を引き受けて間もない頃、これは違法なのではないかと尋ねたことがある。

ランダルは少しも慌てず柔らかな微笑を浮かべてこう答えた――《惑わし》を取り締まる法律はありませんし、法を犯すのは彼らで我々ではありませんから、と。

馬鹿なことを聞いたものだ。正しいことだけして生きていけるならこんなに楽なことはない。

黙って申請書にサインする。

もし、自分がダナの王位を継いでいたならサインを求められるのは《地獄穴》の刑や、さらに恐ろしい《鉄牢《てつろう》》の刑の執行書類だった。

「ありがとうございます。それと、グループ企業の収支の中間決算報告書をお持ちしましたので」

分厚《ぶあつ》い書類の束に目を通す。

「この数字の意味は？」

「今のところグループ全体では赤字が前年度比十％増ということです」

「そんなに悪いのか」

「悪いかどうかは見方によりますね。『葬儀社』本体の売り上げは前年度比十％増。顧客数は順調な伸びを示しています」

顧客の数は死者数だから件数の伸びを喜んでいいかどうかは微妙だ。もちろん、葬儀社は《同盟》の資金源の大きな割合を占めているので利益を出すことは必須なのだが。

「『ベルテンの夜』も好調です。前年比五十％の伸び。ロンドンは好景気ですし、人間たちが夜遊びを止めることはないですからね。ヘアサロン『ラノン・ラノン』も前年比十％上昇しています。『十二夜亭』も悪くない数字。『グッドピープル・カフェ』と『フローリスト』はプラマイゼロ。この二店は会員の利用が多いのでもともと採算は度外視《どがいし》です」

「それなのにどうしてグループの収支は悪化しているんだ？」

「原因は、会員の住居費用です。再開発による不動産価格の高騰《こうとう》でロンドンの家賃はかつてないほど値上がりしています。これが収支を圧迫しているのですよ」

確かに、ここ数年でロンドンは様変わりした。

シティには奇妙な形をした硝子の高層ビルが次々と建てられ、数年前までジャックが不法占拠していた空きビルのある南部エリアも再開発が進んでいる。中心部の賃貸料は天井知らずだ。

「会員の住居を中心部から家賃の安い郊外に移しては？」

「暴動が起きますよ。ロンドンを離れることはラノンから遠ざかることですから」

そうだった……。

ロンドンとラノンは《地獄穴》によって繋がっている。こちら側からは向こうに行くことは出来ないが、それでもやはり繋がっている。地形が似ているというだけでなく、皆そこはかとなくラノンの匂いのようなものを感じるという。

ジャックはその理由を知っているが、それを会員たちに明かすわけにはいかない。

「ランダル。何か解決策はないだろうか」

「賭博で現金を作ることはできます」

「短期的にはそれでいいだろうが、長期的にはどうだろう。黒字体質にしていかなければ」

「株式相場という手もありますが。株の利益は全く合法ですよ」

ランダルが仄《ほの》めかしたのは魔法を遣って相場を操作するという意味だ。以前、レノックスから《惑わし》に長《た》けたプラント・アンヌーン族のチーフが相場をやりたがっていると聞いたことがある。

相場は人間の心理が大きく影響する。投資家を操って間接的に相場に影響を及ぼすことは可能だという。

「だが、相場は生き物だ。連鎖的に予想以上の変動が起きる可能性がある。僕らの手に負《お》えなくなるかもしれない。人間社会の問題は同盟の企業経営にも影響してくる筈だ」

「ではもっと穏やかな策を考えましょう」

「頼むよ。それにしても、こういうことはこちら生まれの世代の半妖精の方が向いているんじゃないかな」

追放ラノン人とこちらの人間との間に生まれた子孫にはラノン人の形質を受け継ぐ者がいる。《同盟》はそういった《半妖精》を準会員として受け入れてきた。人間との仲立ちとして貴重な存在だが、いまのところその人数はそう多くない。

「僕は準会員をもっと増やすべきじゃないかと思うんだ。加盟の条件を緩和《かんわ》することはできないかな」

「条件の緩和には反対です。準会員を増やすと妖素配給への不満が再燃《さいねん》しますので」

「準会員への配給は半量だ。それでもなのか……？」

「半妖精は魔法を遣わなくても困らないからですよ。それなのに何故支給するのか、と考えている正会員は大勢います。もちろん、半妖精でもマクラブ君のような場合は別ですが」

生まれたときから魔法のない暮らしに慣れている第二世代にとって魔法はなくてはならないものではない。彼らも妖素があれば魔法を遣えるが、それはオマケのようなものだ。

「妖素か……」

《地獄穴の刑》を賜《たまわ》ったとき、行く先はどんな世界だろうとあれこれ想像した。けれど、よもや妖素が存在しないとは考えもしなかった。ラノンではあまりに普遍的過ぎて意識に上《のぼ》ることさえないのだ。

この世界で妖精たちが生きていくにはどこまでも妖素の問題がついて回る。

「あの計画がうまくいっていれば……」

ランダルが僅かに眉を吊り上げた。思わず漏らした呟きが何を意味するのか即座に察したらしい。

「盟主。あれは難しいと思いますよ。犬に肉の番をさせるようなものです」

クリップフォードの地下に眠る妖素堆積層《たいせきそう》の採掘《さいくつ》のことだ。

そこに妖素が埋蔵《まいぞう》されているのが分かったのは、魔術者フィアカラとの闘いのときだ。かなりの量がある筈だった。

だが、採掘はいまもって手付かずのままだ。

人間の目には視えない妖素の採掘はラノン人以外には出来ない。しかし、《同盟》のメンバーに採掘を任せるわけにはいかなかった。信用できる者が少なすぎるのだ。

同盟のメンバーたちは罪人であっても極悪人ではない。

ダナ王国の司法は死罪に相当するが情状酌量《じょうじょうしゃくりょう》の余地のある罪人を《地獄穴》の刑に処すからだ。だが、多くのメンバーが欲望に忠実なのも事実だった。

「……確かにそうだな」

そしてもう一つ、なぜそこに妖素が埋まっているのかをメンバーたちに知られないようにしなければならなかった。これを知っているのはランダルを除けばフィアカラとの闘いのときクリップフォードに残った一握りのメンバーに限られている。

『あれ』は最重要機密だ。

ラノンの存在自体を揺るがしかねない。

人生には知らない方がいいことがある。クリップフォードの妖素の秘密はまさに『知らない方がいいこと』だった。

「今まで通りのやり方で我々はやっていけますよ」

ランダルは水面に水紋《すいもん》が広がるように静かに笑《え》んだ。

《同盟》の妖素再配分システムは初代盟主が創り上げ、二代目であるランダルが守ってきたのだ。

それは非情だが合理的だった。

「さて。もう一つお話が。英国優良葬儀社賞《グッド・フュネラル・アワード》ですが、本年、我が社は創作棺桶《かんおけ》部門の優勝候補と目《もく》されていまして……」

カラー印刷されたパンフレットがデスクに置かれる。

「授賞式とパーティには社の代表が出席することになっています。以前は私が出席していたのですが」

「僕が出るということか」

「同業者と親交を深めるよい機会ですので」

ラノンにいたときですら、社交は苦手だった。父の宮廷で着飾った貴族たちに囲まれて何を話していいのか分からなかった苦い思い出が甦《よみがえ》ってくる。

ジャックは再び溜め息を吐いた。

「考えておこう」

英国優良葬儀社賞のパンフレットを残してランダルが執務室を後にしたあと、今度は眼鏡にエプロン姿の青年が花束を抱えて入ってきた。

「こんにちは、ジャックさん。お花をお持ちしました」

ラムジー・マクラブだ。思わず口元が綻《ほころ》ぶ。

「ラムジー。今日は君が配達なのか」

「はい。免許を取ったのでギリーさんの代わりに」

知り合った頃、十六歳にしては随分小柄だったラムジーは数年で驚くほど背が伸びて今ではジャックを追い越した。縦《たて》に伸びる方に全部栄養が取られたのか、横幅の方は細いままなのでひょろりと細長い印象になっている。

だが、女の子のように柔和な顔立ちと、眼鏡の奥の人懐こい栗色の瞳は変わっていない。

「ギリーさんはお店のバックヤードをやってます。ギリーさんが触った花は長持ちするんですよ」

「妖素無しでもなのか?」

「そうなんですよ。ギリーさんがやるとやっぱり違うんです」

「そうか。不思議なものだな」

《同盟》傘下《さんか》のフローリスト店主、ギリーはいわゆる『森の精《ギリードゥ》』だ。植物と親和力がある彼は、魔法を遣わなくても切り花に何らかの影響を及ぼせるのかもしれない。

「ケリはどうしてる?」

「もうバイトは来てないんです。医学部の勉強で忙しいって。卒業試験にパスすれば本物の病院で研修医ですよ」

「そうか。開業するときは同盟で支援しよう」

「人間も妖精も診《み》られるお医者さんって貴重ですよね。ぼくも発作の原因がわかるまで大変だったし」

「そういえば、もう月が丸い時期じゃないか? まだその姿でいて大丈夫なのか?」

「あと何日かは平気です。なるべく人の姿で働こうと思って。いま、ちょっと人手が足りないんですよ」

盟主に就任してから知ったのだが、《同盟》傘下の企業はどこも慢性的な人手不足だった。葬儀社以外で《同盟》が経営する企業は会員に働き口を提供する意味で作られたのだという。にもかかわらず常に人手不足なのは、就労《しゅうろう》する会員が少ないからだ。

同盟は会員に対しては最低限の食住を保証しているので働かなくても暮らしていける。基本的に《妖精》たちは享楽《きょうらく》主義者であり、真面目に働く気のあるメンバーは少ない。《妖精》はこの世界の人間のようにあくせく働いたりしないものだとはいえ、これは想定以上だった。人手が足りなくても人間を雇《やと》うわけにはいかないので、このままでは維持できない子会社も出てくるのではないかと思う。

「だけど無理は禁物だよ」

「大丈夫ですよ。発作が来そうなら分かりますから。妖素は持ち歩いてるのでいつでも変身できます」

ラムジーはこの世界の生まれで準会員だが、誰よりも切実に妖素を必要としていた。先祖返りの人狼《ウェアウルフ》だからだ。

満月期の人狼の力は大きすぎて人の形の中に収まり切らない。ラノンの人狼の形質が強く出たラムジーは満月の時期には狼の姿になって力を解放しないと心身の激しい不調に見舞われる。そしてラムジーが自然な状態——狼の姿になるためには妖素が必要なのだ。

「狼のとき仕事はどうしているんだ?」

「フローリストで看板犬をやってます。みんな撫でてくれるし、ドッグフードをくれる常連さんもいるんですよ」

ラムジーはにこにこと笑った。

「ぼく、犬じゃなくて狼なんですけど、せっかくだからドッグフードは貰《もら》ってます。けっこう美味《おい》しいんですよ」

ラノンでは、人狼は最強の護衛と言われている。その人狼が護《まも》るフローリストが強盗に遭《あ》う危険はゼロだろう。武器の有無《うむ》はもちろん、相手の敵意まで嗅《か》ぎつけるのだ。

ラムジーが持ってきたヒナギクの束を花瓶《かびん》に活《い》けると、部屋がパッと明るくなった。

執務室の主がランダルだったとき、ここは鍵のない独房のように殺風景《さっぷうけい》だった。敢《あ》えてそうしていたのだと思う。あの男にとって仕事は一種の贖罪《しょくざい》なのだ。

「ジャックさん。スマホは慣れましたか？」

「レノックスに持たされたが、あまり慣れないな」

以前、自転車便の仕事をしていたときに使っていた『携帯電話』は音声での会話と文字を伝えるという二つの機能しかなかったから覚えるのも簡単だった。

だが新しい『スマートフォン』ではさまざまなことが出来る。それこそ魔法のような板だ。魔力を持たない人間という種族はある意味で魔法以上のものを創り出す。

「そうですよね。ぼくもまだ不慣れなんですけど、ちょっと気になる動画を見つけたんで見てもらえますか」

ラムジーはポケットからスマートフォンを取り出して表面の何かを操作した。細長い四角の画面の中で映像が始まる。

観光客が撮ったものらしい。夕暮れ時のロンドンだ。

「ここです！　見てください」

画面の右奥、暮れかけた空を背景にシルエットになったビルの屋上を何かが歩いている。小さくてぼんやりした影だが、人ではないのは解《わか》る。何かの獣だ。建物と同じ濃さの影は屋上の端まで来るとそこでうろうろと行ったり来たりした。その先に行きたいようなのだが、隣の建物の屋上は獣がいるビルよりずっと低く、飛び移るのはとても無理だ。
次の瞬間――思わずあっ、と声が漏れた。

◆◆◆

『グッドピープル・カフェ』は人間の目にはほとんどいつも準備中のように見える。

だが、《妖精の視力《セカンドサイト》》で視ればたちまち営業中に変わるのだ。

ブラウニーが切り盛りするこの店は《同盟》が借り上げて会員たちを住まわせているビルの一角にあり、裏口を使えば全く表に出ずに出入りすることが可能だった。

猪《いのしし》の頭を持つ《角足《スクウェア・フット》》のジミイは『グッドピープル・カフェ』で小さな友だちのカウラグと一緒に昼飯を食うのが日課だった。たいていの場合、そのまま居座って夕飯も食う。

同盟が支給するクーポンで払えばタダみたいなもんだし、ブラウニーの作る料理は旨《うま》いのだ。

そもそもジミイのように明らかな異形がある者は街中を出歩くには貴重な妖素を使って人間に変身しなければならない。ジミイは極力外に出ないようにしていた。

隣のテーブルのレッドキャップ族が声を掛けてくる。

「よう、そこの角足。こっちでおれらとカードしねえか？　賭けるのは妖素で」

「え……ええと……」

少ししかない妖素を賭けて巻き上げられるのは厭《いや》だ。だけど、断ったらレッドキャップは気を悪くするかもしれない。

返答に困っているとカウラグが助け船を出してくれた。

「レッドキャップの兄《あに》イ。そいつは賭事はしないのサ」

「つまらんやつだな。あんたはどうだ？　カウラグ」

「残念！　おいら、配給分はみんな使っちまってネ」

なるほど、そういうふうに言えばいいのか。

牛の耳を持つカウラグは外見は悪戯《いたずら》な子供のように見える。だが本当は大人だし、ちゃんと考えていつも余分の妖素を残している。だが、こういうときはないと言えばいいのだ。

レッドキャップがカウラグの言い分を信じたかどうかは分からなかったが、とりあえず諦めたようだ。

「ちっ。しけてやがるぜ」

「配給が少ないからな」

金髪のタルイス・テーグ族が愚痴《ぐち》っぽく言う。

「ウィンタース盟主になって少しは増えるかと思ったが」

「だめだめ、ウィンタース盟主は若いくせに頭が堅い。ランダル以上の石頭だ。魚心《うおごころ》あれば水心《みずごころ》みてえなのが解らんご仁《じん》だよ」

「あんなじゃ女も寄りつかんだろ」

「いや、俺の見たところ顧問殿《こもん》はウィンタース盟主に気があるぞ」

「あの人間女か？　俺は盟主は気付いてない方に賭けるね」

「俺もそっちだ。賭けにならんな」

しばらくウィンタース新盟主をネタにゴシップに花が咲いた。

いつもこんな調子だ。終わりがないように思われる長い午後を潰すのはカードゲームとゴシップ、それに苦《にが》いエール。この世界のエールはラノンのと違って苦味を加えてあるが、悪くはない。

最近、それにもうひとつ新しいお楽しみが加わった。『インターネット』だ。《同盟》は会員に『スマートフォン』というものを支給し、会員同士の連絡はこれで取ることになったのだ。《伝言精霊》を使わなくて済むので妖素の節約になる。

それに、これを使えばいろんなものを見たり聞いたりできるのだ。動く写真や音楽、楽しい絵物語。離れた場所にいる友だちとお喋《しゃべ》りもできる。『グッドピープル・カフェ』の常連たちはこの魔法でないのに魔法のような機械に夢中だった。

ホブゴブリンがもじゃもじゃ毛の生《は》えた太い指でスマートフォンの画面を操作する。

「すげえもんを見つけたんだ。こいつを見なよ」

ちっぽけな機械は動く写真を映し出した。夕暮れ時のロンドンで、建物の屋根を伝い歩くぼやけた影が翼を広げて飛び立ち、向こうの建物に着地する。

「どうすごいってんだ？」

「わかんねえのか？　こいつは飛んでるだろ？　な？」

「それが？」

「この世界にゃ、空を飛ぶ獣はいねえんだよ！　こいつはラノンから来たに違いねえ」

「馬鹿馬鹿しい。光かなんかの具合でそう見えてるだけさ」

「いや、羽だよ、これは」

昼飯を食いにきていたダナやアンヌーンもホブゴブリンのテーブルに集まってきた。

「こいつはＣＧってやつじゃあないのかイ？　人間は本物そっくりのドラゴンだってＣＧで創《つく》りやがるからナ」

「創るんならもっと見栄えよくするだろ。こんなぼやけたもんをわざわざ創るか？」

「さあねえ。人間の考えることは分からないからね」

映像は何度も何度も再生され、ぼやけた獣の影は繰り返し翼を広げて飛び立つ。

ジミイはちょっとうっとりなってそれを眺めた。

本当にラノンから来たのだろうか。同盟はガブリエル犬を飼育しているが、あれはラノンから来たわけではない。

ラノン。空も大地も水も風もすべてが美しい世界。

ラノンにいたときは、あんなに美しいとは知らなかった。

どこまでも懐かしい故郷。二度と帰れない——。

思わず口をついて出た。

「同盟のガブリエル犬かもしれないけど……でも、本当にラノンの獣だったらいいなあ……」

「あったりめえだ。そうでなきゃ意味がねえ」

「意味？　意味ってなんの……」

突然、奇麗な顔のタルイス・テーグが声を上げた。

「そうか！　なるほどそういうわけか！」

「そういうことだ」

ホブゴブリンがにやにや笑う。なんだか厭な感じだ。

「うまいことを考えついたな」

「だからすげえと言っただろうが」

「なんだよ？　あんたら何の話をしてんだ？」

「分かんねえのかよ」

プーカが苛々《いらいら》とせっついた。

「もったいぶってないで教えてくれよ！」

「んじゃ、教えてやる。この世界にゃ妖素はないが、俺たちの身体ン中にはまだ残ってる。そうだな？」

「んなこと、誰だって知ってるぜ」

ラノンでは空気も水も草も木もすべてが妖素を含んでいる。多すぎて普段は意識することすらない。その空気を呼吸し、飲み食いして育ったラノン人の身体にはラノンで生きた年月の分だけ妖素が蓄積している。

「けど、俺たちは殺しあいはしねえ。『灰のルール』をちゃんと守ってるからな」

『灰のルール』。それは決して侵《おか》してはならない同盟の絶対的な掟《おきて》だ。侵した者には有無を言わさぬ死が待っている。

灰のルールは第六項まであるが、大事なのは1から3までだ。

一、同盟メンバーは同盟メンバー及び非メンバーであるラノン人を殺害してはならない
二、第一項に違反した同盟メンバーは死をもって罰する
三、同盟は死亡したメンバーの遺灰《いはい》の管理・分配を行う

仲間を殺したら殺される。誰にでも解る単純明快なルールだ。そして良い子にして待っていれば、ちょっぴり《妖素》を貰える。死んだ仲間の遺灰に含まれる《妖素》を。

「長生きするグリフォンとかなら身体ン中に《妖素》がたっぷりあるはずだ。獣は『人』じゃ

ねえ。ラノンの獣を殺しても『灰のルール』にはひっかかんねえだろう。『灰のルール』が禁止してるのは『ラノン人』を殺すことだけなんだからな」

「そっか！　そうだな！　あんた、頭がいい！」

プーカがぴょんぴょん飛び跳ねながら叫んだ。

「もっかい見せろ！　場所はどこだ？」

「後ろの建物を見たことがあるような気がするぞ……」

「捕まえた者のものってことだな」

「いや、山分けだろうが！」

常連たちは獣を捕まえて灰にする気満々だ。

「……ほんとうに『灰のルール』に触れないのかな……」

「あったり前だろ！　獣は人じゃねえんだからな」

「そう……かな……」

ジミイには難しいことは分からない。

だけど、なんだか良くないことのような気がした。ラノンからやってきた獣を捕らえて灰にするのは。それで少し妖素が手に入るよりも、生きているラノンの獣の方がいい。懐かしいラノンの生き物を見られるかもしれないのだ。

カウラグはどう思っているんだろうか……？

小さな友だちのカウラグの顔を見る。すると、カウラグの柔らかな牛の耳が片方だけ意味ありげにぱたりと動いた。

二人だけで話がある、という意味だ。

ジミイは小さく頷いて裏口からそっと店を出た。

2　真昼の大追跡

動画の再生が終わったあとも、しばらくの間ジャックは細長い四角の画面を凝視《ぎょうし》し続けていた。

ラムジーがおずおずと口を開く。

「ぼくには、翼があるように見えたんですが……」

「……僕にもそう見えた」

ビルの端からジャンプした獣が落ちると思ったその瞬間、その背から何かがパッと左右に広がって空気をつかんだのだ。そのまま滑《すべ》るように宙を飛んだ獣はひとつ向こうの建物の屋上に着地し、すたすたと画面の外に歩き去っていった。

「ぼく、うちの子たちの一匹が逃げたんじゃないかと思って確認したんです。十二匹ぜんぶ飼育所に居ました。あれは、うちの子じゃありません」

ラムジーは同盟が飼育するガブリエル犬の親代わりだ。この翼ある犬の孵化《ふか》に立ち会ったため、雛《ひな》たちに親として認識されたのである。空飛ぶ犬の雛たちは立派な成犬《せいけん》になり、ラムジーは時には狼の姿で彼らを率《ひき》いている。

「もう一度見せてくれないか」

四角い画面の中で映像が動き出す。

不鮮明な映像だが、やはり獣の背には翼があるように見えた。

「これ、うちの子たちじゃないとしたら……」

「ああ。恐らく、ラノンから来たんだ」

ラノンには、ガブリエル犬の他に翼を持つ獣が何種類かいる。だが、この世界には全く存在しない。

「ジャックさん。この動画、かなり拡散されてます」

「拙《まず》いな……」

もし、翼のある獣が人間たちに捕らえられるようなことになったら大変な騒ぎになる。

デスクの上には中間決算書類と英国優良葬儀社賞《グッド・フュネラル・アワード》のパンフレットが積まれている。しかし、ここで書類を睨んでいてもグループ企業の収支が改善するわけではない。

決めた。翼のある獣を何とかする方が中間決算書類と英国優良葬儀社賞より喫緊《きっきん》の問題だ。

ジャックは決算書類とパンフレットの端を揃えて『未決』のトレイにするりと滑り込ませた。

「ラムジー。悪いが、捜索を手伝ってくれないか。フローリストの方には僕から早退を伝えておくから」

「はい！　ジャックさん！」

「アグネスはどうしている？　手が空《あ》いてるなら彼女にも協力を頼みたい」

「ネッシーですか？　モデル養成所のカリキュラムが終わってロンドンのモデル事務所に登録したんだけど、仕事が来なくてヒマしてます」

「聞いてみてくれないか。バイト代は出すから」

「ぼく、電話します！」

ラムジーがアグネスと話している間にジャックはランダル・エルガーに電話して事情を説明した。

『ああ、それは問題ですね。早急に《眼》と《耳》を放ちましょう。何か見つけたらご連絡します』

「頼む。妖素使用許可は僕の方で出しておく」

ランダルの《眼》と《耳》は見聞きしたものを撮影するように記憶して主に伝える術だ。家系に固有の魔法であり、同盟でその力が遣える者はランダル以外にいない。

そうしている間にラムジーの方の話がついた。

「ネッシー、いま近所にいるからすぐ来るそうです」

「ありがとう。助かるよ」

アグネス・アームストロングはラムジーと同じラノンの先祖返りで、《巨人》の力を持っている。高校卒業後ロンドンにやってきたが、やりたいことがあると言って同盟の関連企業への就職は断っていた。

「ジャックさん、ケリにも頼みますか？」

「勉強で忙しいんだろう？」

「でもネット情報のチェックくらいは出来るかもしれないから、ちょっと聞いてみます。そういうの詳しい友だちもいるし」

ラムジーが電話で話した結果、ケリは動画や写真が新たに投稿されているのを発見したら連絡してくれることになった。

「この世界のネイティブがいて助かるよ。だが無理はしないように伝えてくれ」

「はい！　あと、レノックスさんには？」

「そうだな……」

こういうとき頼りになるのはレノックスだが、さっきの会話のあとだから少し頼みづらかった。もちろん重大事なのだからそんなことを言ってはいられないのだが……。

そのとき、執務室の扉をどんどんと敲《たた》く音がした。

ラムジーがパッと顔を輝かせる。人狼《ウェアウルフ》の聴力で扉を敲いたのが誰なのか分かったらしい。

「開いているよ。入って」

「おう！」

ダークスーツ姿の赤毛の大男が勢いよく入ってくる。

「レノックスさん！　いま電話しようと思ってたんですよ」

想像上の尻尾《しっぽ》が大きく振れているのが見えるようだ。

「おう。チビすけ、来てたのか」

「レノックスさん。ぼく、もうちびじゃないですよ」

「すまん、つい癖でな。でかくなってもチビすけはチビすけだ」

レノックスは大きな手で自分といくらも違わない背丈になったラムジーの頭をぐりぐり撫でながら言った。

「ジャック！　えらいことになったぞ。翼のある獣が《地獄穴》に落ちたらしい。すぐ捜し出さないと……」

ついクスッと笑ってしまった。

そうだった。何を心配していたのだろう。こういう男なのだ、レノックスは。

「なんだ？　なに笑ってんだ、ジャック」

「……いや。なんでもないよ。ちょうどいまその対策を練っていたところだ」

「そうか。なら話が早い。何か手は打ったのか？」

「既にランダルが《眼》と《耳》を街に放っている。ケリがネット情報を集めてくれるし、アグネスも応援に来てくれることになっている。あとは手すきの同盟メンバーに動員をかけようと思う」

「それなんだが、ちょっと拙《まず》いことになってってな」

レノックスが扉の方を振り返って怒鳴る。

「おい、おまえら何ぐずぐずしてんだ。さっさと入ってこい」

レノックスに促《うなが》されて躊躇《ためら》いがちに扉の陰から顔を覗かせたのは《角足《スクウェア・フット》》のジミイとカウラグだった。

「ほら、ジャック殿下だヨ、ジミイ。ジャック殿下、久しぶりだネ！」

「久しぶりだね。カウラグ。元気にしてたかい？」

「そりゃあもう！　ジミイ、殿下に話しなヨ」

「こ……こんにちは、ジャック殿下……」

「やあ、ジミイ。僕に何か話があるんだね」

「あ……その……おれ……おれ……」

ジミイは巨体を小さくしてもじもじしている。

「じれったいナ！　オイラが話すヨ！」

カウラグがぴょんと前に出て話し始めた。

『グッドピープル・カフェ』の常連たちがこの動画を見つけたこと、ホブゴブリンが獣を殺しても『灰のルール』に抵触《ていしょく》しないから捕まえて灰にしようと言い出し、皆が同調していること。

「……ってワケなんで。殿下」

「なるほど。よく報《しら》せてくれた。感謝するよ」

「ありがたき幸せ！　ところで殿下、本当にラノンの獣を殺しても『灰のルール』にはひっかからないんで……？」

「確かに『灰のルール』には規定がないね。だが、僕としてはそうはさせたくない」

「おいらたちもそう思ったんでサ、殿下！」

今までこういったケースは想定されていなかった。なぜ獣が《地獄穴》に落ちたのかという問題も解明しなければならない。今後また発生する可能性があるのかということも。

レノックスが付け加えた。

「さっきこいつら二人が今の件を電話してきたんで、車で拾ったんだ。手すきの奴はだいたい『グッドピープル・カフェ』の常連だ。ヒマな連中にはもうこの話は回ってると考えた方がいい。同盟の連中はあてにできないってことだ」

「そうか……」

「魔女シールシャはどうしたんだ」

「またアメリカに行っているんだ。《伝言精霊》で連絡してみるが、彼女が戻るのを待っていられない。僕らで捜索を始めよう」

「そうだな」

今のところ、この映像の生き物が何であるのかも解らない。ラノンからの追放者と同じで、漠然としすぎていて魔法で捜すのは難しい。それに魔女シールシャは強大な力を持っているが、藁山《わらやま》の針を探すような細かい仕事は得手《えて》ではないと思う。

「ところでジャック、あんたは例の獣、いったい何だと思う？　万一ドラゴンだったらえらいことだ」

「ガブリエル犬が一番ありそうだね。ドラゴンはあり得ないよ。この世界でこんなに元気にしていられるわけがない」

「まあ、ドラゴンはこちらの世界ではすぐ死んじまうからな。グリフォンならまだあり得るが」

ラノンのドラゴンは生存自体を妖素に依存しているのでこの世界では生きられないのだ。他に翼のある馬もいるが、投稿された動画で見る限り馬ということは無さそうだ。

「しかし、なんで獣が穴に落ちたんだ？　刑の執行以外のときは覆《おお》いがしてあるだろう」

「あの覆いは処刑台と連動しているんだよ。罪人が自分で飛び込まないときには処刑台が傾いて落とすんだ。硝子《ガラス》の処刑台は何かが乗って一定の時間が経《た》っても飛び降りないと傾き出す。

そうすると覆いは自動的に開くんだ」

「うへっ、そうだったのか。俺は自分で飛び込んだからな」

確かにレノックスならそうするだろう。だが最後まで粘《ねば》る者も多い。真実を知らない者にとって《地獄穴》に落ちることは文字通り地獄行きと同じなのだ。

「処刑台の管理に問題があるようだね。改善して欲しいが、こちらから伝えられないな」

そのとき開いたままの扉から大柄な金髪の女性が飛び込んできた。アグネス・アームストロングだ。

「おまたせー！　遅くなってごめん！」

「ネッシー！　待ってたんだ！」

ラムジーが顔をパッと輝かせて駆け寄る。ラムジーも随分背が高くなったが、こうして並ぶと靴の分を差し引いてもまだ少しアグネスの方が大きいようだ。

「ネッシー、あれ持ってきた？」

「ほい、これ。フローリストに寄って取ってきたんだ」

トートバッグから大型犬用のハーネスをとり出したアグネスは執務室をぐるりと見渡した。

「カウラグも来てる！　なんか見たようなメンバーじゃない？」

「ちっとばかし心もとない面子《メンツ》だがな」

「そんなことはないさ」

　そういえば、ジミイを除けばフィアカラとの決戦前と似たような顔ぶれだった。あのとき何が出来たのか考えればどんなことも可能なように思える。

「人間に捕まえられるのが最悪のシナリオだ。僕たちで先に確保しよう。僕の名で妖素使用許可を出す。ジミイは人間に、ラムジーは狼に変身して捜索に参加して欲しい」

◆◆◆

　ラムジーは執務室の隣の小部屋で急いで服を脱いだ。変身するとき服を着たままだと後が大変なのだ。

　小瓶《こびん》の中で青白く光る砂のような妖素の一粒を掌《てのひら》に振り出し、口に含む。

　瞬時に爆発する光に包まれたような感覚が身体の内側から湧き起こった。ふさふさとした銀色の毛が全身を覆い、身体の全てが変形し、あるべき正しい形に収束していく。変身完了だ。

　ウォフッ！　変身が終わった合図に一声吠《ほ》える。

「ラムジー！　あんたってこっちの姿の方がハンサムね！」

　ネッシーがそう言ってぽんぽんと頭を叩いてくれた。お返しに立ち上がって頬をぺろぺろ舐《な》め返す。この姿だと人間のときにはできないさまざまなことができるが、気兼ねなくスキンシップできるのも利点だ。

レノックスの大きな手がわしわしとたてがみを撫でる。

「チビすけ、いかしてるぜ」

（もうチビじゃないんだけど……まあ、いいか！）

嬉しくて細かいことはどうでもよくなってしまう。わしわしされると無条件に嬉しくなってしまうのは人狼の血のせいで、生まれつきだから仕方がない。

「ラムジー、ちょっとじっとしててよ。ハーネス着けるから」

ネッシーに言われて思い出した。

あ……そうだった。この姿で外に出るときはハーネスを着けなきゃいけないんだった。

ハーネスを装着する間、動かないよう我慢する。でも、うきうきしてつい身体が動いてしまう。みんなと一緒で嬉しかったし、これから一仕事するのだと思うと期待で胸が膨《ふく》らんで全身の毛の一本一本にまで力が漲《みなぎ》るみたいだ。

何と言ってもまたジャックの役に立てるのが最高に嬉しい。ジャックが盟主になってからずっと役に立ちたかったのに、なかなか機会がなかったのだ。

「はい！　できたわよ」

ぽんぽんと背中を叩かれるとまた嬉しくなってネッシーの顔を舐めたり、ついでにジミイを舐めたりした。純朴《じゅんぼく》そうな大柄の若者に変身しているけれど、姿が変わっても匂いでジミイだとすぐに判る。尻尾を振り回しながら皆にじゃれついていると、ジャックのスマートフォンが鳴った。

応対するジャックの声のトーンが僅《わず》かに高まり、緊張の匂いがして心臓の鼓動が少しだけ速くなった。何か重要な話に間違いない。ジャックの表情を注視し、一心に耳を傾ける。

電話の相手はケリじゃないかな……？

「……みんな聴いて欲しい。ケリから連絡だ」

当たりだ！

「さっきの動画の撮影場所が判った。あの建物はウェストミンスターのグレート・ピーター通りに面したビルだそうだ」

「官庁街じゃないか。ロンドンのど真ん中だな」

「観光客も多いエリアだ。人間に見られないよう気をつけてかかろう。カウラグ、僕ら全員に《惑わし》をかけて欲しい」

「合点《がってん》でサ！」

ずっと前、やっぱり狼の姿のときにカウラグに《惑わし》をかけて貰ったことがある。カウラグは《惑わし》の達人なのだ。ジャックがネッシーに訊いた。

「アグネス。《伝言精霊》は遣えるかい？」

「送る方はちょっと自信ないけど、なんとかやれそう」

「そうか。ランダルからの連絡は《伝言精霊》で来るんだ。うまくいかないようなら互いの連絡は電話で」

「わかったわ。でも大丈夫だと思う」

ちょっとびっくりした。

《伝言精霊》のメッセージを聴くだけならラムジーにもできる。セカンドサイトで視《み》るのと同じで、伝言を聴くだけなら妖素も要《い》らないのだ。でも、ネッシーが送る方も遣えるようになっていたとは知らなかった。魔法が苦手な巨人族だから、怪力以外はぜんぜん駄目だと言っていたのに。

いつのまに練習したんだろう。もしかしたら魔女シールシャに習ったのかもしれない。二人は仲が良くて、会うとよく女の子同士の話をしている。そんなときは気恥ずかしいので一緒にいても人狼の聴覚を働かせないようにしていた。

「みんな準備はいいかい？　《低き道》を開くよ」

ウォウッ！（はい、ジャックさん！）

ジャックは妖素の灰をほんの一つまみ掌にあけ、息を吹きかけた。

「〝テェーム〟　我は行く……」

空中に真っ黒な丸い影が現れ、ぐるぐると回転しながら大きく広がった。その周囲でゆがんだレンズを通したように執務室の景色がぐにゃりと変形する。

《低き道》の入り口だ。この空間に開いた黒い穴の中に入って外に出ると遠い場所に行くことができる。

《低き道》は何度も通ったことがあるから怖くないはず……なんだけど、やっぱりちょっとだけ怖かった。

「みんな先に行ってくれ。僕がしんがりだ」

「それでは、お先に失礼！」

カウラグがジミイの手を引っ張って真っ黒な穴に足を踏み入れた。レノックスが後に続く。

「行くぞ、チビすけ」

ウォウッ！（はい、レノックスさん！）

みんなと一緒だから、怖いことなんかない。ラムジーはネッシーと並んで空中に浮かぶ黒い穴に飛び込んだ。

◆◆◆

キーフは茂みの中から恐る恐る外の様子を窺った。

ここはいったいどこなのだろう……？

硝子の処刑台から滑《すべ》り落ちて、《地獄穴》に吸い込まれて、長い長い時間落ち続けて、気がついたらここにいた。

ぎっしりと立ち並ぶ赤い石と硝子の建物。

煙を吐く鉄のくるまが列をなして走って行く。頭上で赤や青の目玉のような光が点滅する。

何もかもが恐ろしかった。昼と夜が入れ替わる間、ずっと木の枝の茂った葉陰に隠れて縮《ちぢ》こまっていた。雨で寒くてひもじかった。昨日から何も食べていない。

意を決して隠れ場所からそろそろと這い出す。大丈夫のようだ。鉄のくるまはまっすぐ走るだけで襲ってこない。

道路脇の木の幹に爪を立ててよじ登ると、枝先から石の建物の屋根まで飛んだ。ここなら安全だ。

建物から建物へと飛び移り、端から見下ろす。

分かったのはとんでもなく遠くに来てしまったのだ、ということだけだった。石の建物は壁のように連《つら》なり、街はどこまでも広がっている。知っている景色はどこにもない。

石畳《いしだたみ》を行き交う見たことのない服装の人々は、一見するとダナやタルイス・テーグのように見える。いや、ダナやタルイス・テーグのような人々しかいないのだ。異形《いぎょう》を持つ種族は一人も見当たらない。

眼下の街から食べ物の匂いが漂ってきた。

鼻がぴくぴく動く。屋根から身を乗り出して匂いの在《あ》り処《か》を探す。ダナ風の黒い頭の男が紙で包んだ何かを手に歩いている。旨《うま》そうな匂いはそこから来ていた。

男の手は両方とも塞《ふさ》がっていて無防備だ。

キーフは食べ物を持った男めがけて急降下した。

背後から頭上ぎりぎりを飛び、追い越しざまに後ろ足で頭をぽんぽんと蹴《け》る。男が叫び声をあげて振り返り、旨そうな匂いを放つ紙包みがぱたりと石畳に落ちた。

今だ！

石畳に舞い降りて紙包みを口でくわえると、全力で羽搏《はばた》いて向かいの建物の屋根を目指した。安全な屋根の上で獲物を検分《けんぶん》する。

作り立てらしくまだ熱過ぎたが、こってりとした油の匂いがたまらなかった。油でかりかりに揚がった衣の端を齧《かじ》ると、中からほくほくした白い身が現れる。

魚だ！　キーフは熱いのも構わずかぶりついた。

◆◆◆

ジャックは皆が無事に通過するのを確認して一番最後に《低き道》から外の世界に出た。

轟々《ごうごう》と風の音が耳を切る。空の青が眩《まぶ》しい。

《低き道》が開いたのはグレート・ピーター通りを見下ろす七階建てビルの屋上だ。

動画が撮影されたのはこの場所だという。

「こっちへ来いよ、ジャック。ラムジーが何か見つけたらしい」

先に《低き道》から出たレノックスが呼んだ。ラムジーが屋上の端を行ったり来たりしながら尻尾を振っている。

「獣の匂いか？」

尻尾が左右に大きく振れた。

ウォフッ！

「そうだ、って言ってるわ」

「ここに居たのは確かなようだね」

ジャックは目の前に連なるビルの群れを見渡した。

ウエストミンスター辺りはシティ周辺とは違って高層ビルはない。せいぜい十階建てまでで、赤煉瓦《あかれんが》仕上げでこの国の伝統を感じさせる景観を作りだしている。周囲は似たようなビルばかりだ。

「問題はここからどこに行ったかだ」

そのとき、目の前の空中に文字が点滅した。《伝言精霊》だ。

【連絡・エルガー】

「ランダルから《伝言》だ！　あんたにも来てるか？」

「ああ」

どうやら何か見つけたらしい。意識を《伝言》に集中する。

【《耳》の情報。十五分前、モンク通り。烏《からす》にフィッシュ&チップスを盗《と》られた男】

続いてランダルの《耳》が聴いた声がそのまま聞こえてきた。

【(畜生！　フィッシュフライを盗《と》ってきやがった！)(烏だってのか!?　何度も俺を蹴ったんだぞ！)】

【《眼》の情報。十分前、モンク通り】

今度は《眼》が視た映像がそのまま眼前に流れてきた。上空から俯瞰《ふかん》でモンク通りに並ぶビルの屋上が視える。赤煉瓦のビルの上に何か動くものの姿があった。

あれはなんだろう……？

アグネスが叫んだ。

「視えた！　猫だわ！」

「猫か!?」

「猫だヨ！」

レノックスとカウラグが同時に叫ぶ。

ジャックは《眼》を凝《こ》らした。

確かに黒い猫のようだ。紙包みを破いて中身を食べようとしている。一見すると普通の猫のようだが――あの高さのビルに猫がどうやって登れる？

「……妖精猫《ケット・シー》だ」

「ああ、そうだ！　ケット・シーか。懐かしいな。城にも二匹ほどいた。

ケット・シーに違いねえ」

この世界にも猫はいるが、ラノンの猫ほど種類は多くない。ラノンにはもっとさまざまな猫がいる。妖素によって適応進化を遂《と》げた猫だ。ケット・シーと総称されるそれらの猫の中には角《つの》を持つ種類や、翼があって飛べる種類もいる。

翼のあるケット・シーはたいていは黒猫で、身体の一部に白い部分があり、背中に小さな黒い翼を持っている。この黒い翼は畳《たた》むと脇腹《わきばら》の毛の中に奇麗に収まってしまい、一見しただけでは翼があるかどうか分かりづらい。

「十分前の情報か」

「まだいるかもしれない。行ってみよう」

《低き道》を開き、黒猫が何かを食べていたビルの屋上に跳ぶ。

「ラムジー、この屋上にまだ猫はいるか？」

尻尾を下げ、クウーン、と鼻を鳴らす。

「いないみたいだな」

屋上には食べかけのフィッシュ&チップスが散らばっていた。大半が残っている。折角《せっかく》盗った魚を半分以上残したのは何故だろう。狼ラムジーはその周りを熱心に嗅《か》ぎ回っている。

ウォフッ！

狼ラムジーが尻尾を高くあげ、大きな声で吠《ほ》えた。

ウォフッ！　ウォフッ！　ウォフッ！

何かを伝えようとしているのだが、分からない。

「ごめんよ、ラムジー。何が言いたいんだい？」

「絶対、何か重要なことだと思うんだけど……」

アグネスが言いかけたとき、再びランダルからの《伝言精霊》が届いた。

【リージェンシー通りとヴィンセント通りの角の建物。七分前】

《低き道》を開き、《眼》が猫を視た場所を辿《たど》って屋上から屋上へと移動する。ケット・シーは一度にあまり遠くまで飛ばず、一ブロックほど飛んでは建物の屋上に止《とど》まっているらしい。

一気に長い距離を飛ぶほど飛行が上手くはないのだ。

ランダルは次々《眼》の情報を送ってくる。

【ダグラス通り。五分前】【デンビー・プレイス。三分前】【グロースター通り。一分前】

送られてくる情報は刻々と移動し、ウェストミンスターからピムリコ地区に入った。見晴らしの良いテラスハウスの屋根の上に出る。ほんの一分前までケット・シーがいた場所だ。

「追いついてきたぞ。ジャック、まだ近くにいるんじゃないか？」

「ああ。皆探してみてくれないか」

この辺りには通りに沿って白く続くテラスハウスと街路樹の緑とが白と緑のブロックを交互に並べたように続いている。サングラスを通していても白い壁に映《は》える陽射しが眩《まぶ》しい。

白い建物を見ていると視野に黒い点が生まれた。最初は光のせいではないかと思ったが、そうではなかった。黒い点はどんどん大きく広がり、空中でぐるぐる回転した。

「《低き道》……！」

狼ラムジーがウォフッ、と吠える。

隣の建物の屋根の上に現れたのはレッドキャップとホブゴブリン、それにタルイス・テーグ族だった。

レノックスが怒鳴った。

「おまえら！　何してる！」

「やべ！　レノの旦那……！　何ってその……」

なんとも奇妙な組み合わせだ。ラノンにいるときだったら、この三つの種族が手を携《たずさ》えて何かをするということはあまり考えられない。だが、ここはロンドンなのだ。種族の違いは大きな問題ではなかった。

「分かってんだろ、レノの旦那。アレは早いもん勝ちだぜ」

「なんだとお……？」

「ケチケチすんなよ！　同盟は余分を持ってんだろ……」

さっきのビルの上でラムジーが見つけたのはレッドキャップたちの匂いだったのか。

先を越されていることを警告しようとしていたのだ。ジミイたちの言った通り、彼らはケット・シーを殺して妖素を採《と》ろうとしているらしい。

「妖素の問題ではないんだ」

ジャックはサングラスを外し、一歩前に出た。

「うわっ……ウィンタース盟主《めいしゅ》……!? なんで……？」

「僕にはラノンから来たものすべてに責任がある。この件は同盟に任せて欲しい」

なぜケット・シーが《地獄穴》に落ちることになったのか、今後も起こるならどう対処すればいいのか調べなければ。

そのとき、アグネスが声を上げて指さした。

「いた！　見て！　あそこ！」

通りを二つ挟んだ向こうのテラスハウスの屋上に黒い猫がいる。間違いない。あのケット・シーだ。

「追うぞ！　〝テエエェーム〟　我は行く！」

レノックスが唱《とな》え、ぐるぐる回転する黒い穴に全員で飛びこんだ。ケット・シーのいた場所に出る。だが、その間にケット・シーは別のテラスハウスの屋根まで逃げてしまっていた。距離は百ヤードほどだ。

「少し遠いな。術が届くくらいに近づいたら《束縛《キアンゲル》》で動きを止めるんだが……」

見ると、ホブゴブリンたちは別の建物の上に移動していた。ケット・シーの先回りをしたつもりが当てが外れたらしい。《低き道》に入ってしまうと外のことは解らない。その間にケット・シーがどの建物に逃げるのかは賭けみたいなものだ。

「もう一度跳ぶぞ！」

「こっちもだ！　〝テエエエーム〟！」

レノックスとタルイス・テーグがほぼ同時に唱え、それぞれ宙に現れた黒い円をくぐる。行き先は当《あ》て推量《ずいりょう》だ。

《低き道》から踏み出すと、ケット・シーが路地を挟んで向かい側のテラスハウスにいるのが見えた。

さっきより近い。《束縛》が遣えるかもしれない。

ジャックはケット・シーを見定め、《束縛》を唱えようとした。

「〝キアングリ……〟」

だが、《束縛》の呪誦《ビジョーグ》を唱え終えるより先にケット・シーの真上の空間に回転する黒い円が開いた。真っ黒な穴から投網《とあみ》が落ちてきてばさりと猫にかぶさる。続いて《低き道》からホブゴブリンたちが飛び出してくる。

「やった！　捕まえた！」

ホブゴブリンが投網を引き寄せる。網にからめ捕られた猫は唸《うな》り声をあげて暴れた。

「はやいとこずらかろう。《低き道》を開いてくれ」

「急《せ》かすなよ！　前のと干渉《かんしょう》しちまう……」

どうやら、三人の中で《低き道》を開けるのはタルイス・テーグ族だけらしい。たぶん、それでこの即席の三人組ができ上がったのだろう。カウラグの話では最初に言い出したのはホブゴブリンだった。

「待ちやがれ！　〝テエエ……〟」

レノックスが唱えかけたそのとき、アグネスが叫んだ。

「ラムジー、行くわよ！」

アグネスはそのまま屋上の端からジャンプした。

ウォフッ！　応えるように一声吠えた狼ラムジーが続いてジャンプする。

二人はまるで飛び石を渡るように軽々と屋上から屋上へと跳び渡り、ホブゴブリンのすぐわきに着地した。

レノックスが口をあんぐり開けた。

「嬢ちゃん！　ラムジー！　なんてことをするんだ！」

「それ、まだるっこしいんだもん！」

《低き道》を呼び出すのは多少の時間を要する。

確かにこの面子では《飛行》を遣える者はいないから、巨人族と人狼の超人的身体能力で屋根から屋根へジャンプする方が手っ取り早いが……それにしても無茶をする。

狼ラムジーが屋根の上の三人を追い立てるようにウォウウォウと吠えついた。

「うわ──っ！」

タルイス・テーグが悲鳴をあげて集合煙突の後ろに隠れようとした。もちろんすぐに追いつかれ、煙突の周りをぐるぐる逃げ回っている。

ホブゴブリンの方は網の中で暴れる猫に手こずっていた。

「いてて！　引《ひ》っ掻《か》きやがった！　《低き道》はまだなのか！」

「無理！」

新たに《低き道》を開かない限り三人組に逃げ場はない。《低き道》は一方通行で出口からは入れないからだ。しかし、狼ラムジーに追い立てられて浮き足立ったタルイス・テーグは集中して呪誦を唱えるどころではないようだ。

アグネスがホブゴブリンに迫《せま》る。

「その猫ちゃんを放しなさいよ！」

「ひえええ……」

そのときホブゴブリンの腕の中で魚のように暴れていたケット・シーが身をくねらせて網の隙間からするりと外に抜け落ちた。そのままパッと翼を広げて飛び立つ。

「あー！　逃げた！」

ジャックはケット・シーの飛ぶ方向を見定め、《低き道》の呪誦を唱えた。

「〝テェーム〟我は行く」

出口を作ったのは　城壁のように長く連なった巨大なコンドミニアムの屋上だ。レノックス、カウラグ、ジミイが続いて《低き道》から出てくる。

「どこへ逃げた⁉」

「あそこだ」

眼下を指さした。城壁のようなコンドミニアムの向こう側には住宅街とは全く違った光景が広がっている。

線路と鉄道施設だ。

巨大コンドミニアムはピムリコの住宅街の端にあり、住宅街と鉄道施設を隔《へだ》てる役割を果たしていたのだ。

ケット・シーはその鉄道施設の幾重《いくえ》にも並走《へいそう》する線路の上をふらふらと飛んでいる。

「《束縛》を！」

「駄目だ、いま使ったら線路に墜落《ついらく》する」

「くそ、馬鹿猫め、なんであんな危ないとこを飛んでるんだ！」

もちろん、ラノンからロンドンに落ちてきたばかりの猫に線路の上が危ないという知識はない。折りしもヴィクトリア駅を発車したガトウィック行き急行列車がケット・シーが飛んでいる線路に入ってきた。

列車はレールの上をふらふら飛んでいるケット・シーに向かって爆走している。

「危ない!!」

全員が同時に叫んだ。

先頭の車両がケット・シーのいる地点に差し掛かった。レッドキャップが手で両目を覆う。

「うわああ……！」

「うう……とても見れねえ……」

全ての車両が通過し終えるまで、ひどく長く感じられた。いくつにも連なった車両は轟々《ごうごう》と音を立て、終わりがないように目の前を延々と走っていく。

ようやく急行列車の最後の車両が目の前を通り過ぎ、間延びした音をたてて去って行った。

ジャックは詰めていた息を大きく吐きだした。十秒ほど、息をするのを忘れていた。

タルイス・テーグとレッドキャップがそろそろと目を覆う手を開いて指の隙間から外を覗く。

「な、なあ……どうなった……?」

「誰か教えてくんねえか……」

レノックスが二人をどやしつける。

「何言ってんだ、おまえら！　ケット・シーを灰にする気だったんじゃないのか?」

ホブゴブリンが情けない声で言う。

「……もうそんな気はなくなっちまったよ、レノの旦那。想像しちまって……」

「だいたい猫《ケット》だなんて思ってなかったんで……」

タルイス・テーグが小声で付け加える。

「レノの旦那、そんでどうなったんで……？」

「いや。俺も最後の瞬間に眼をつぶっちまった」

「なんだ、誰も見てないのかよ」

「僕は見ていたよ」

ジャックは眼下の線路に目を凝《こ》らした。

「列車が通る寸前に向こう側に抜けたように思う。だが、姿がない。少なくともここから見える範囲内には」

線路の上に、それらしきものは何も見当たらない。ケット・シーは急行列車が通り過ぎる間にどこかに行ったのだ。

いったいどこへ？

「線路の近くへ行ってみよう」

《低き道》を開き、全員でコンドミニアムの屋上から線路脇に移動した。ホブゴブリンたち三人組も何故かついてきた。

そこはテムズ川の北と南を結ぶ鉄橋に向かって線路が集まっている場所だった。幾本ものレールが地面についた太い傷跡のように走り、そこから分岐《ぶんき》した引き込み線のレールが束になって車両基地へと伸びている。

「いないな……どこへ行きやがったんだ」

「盟主。あの猫、ほんとに轢《ひ》かれちゃいないんで……？」

レッドキャップが恐る恐る訊ねる。

「そう思う。君たち三人も探すのを手伝ってくれないか？」

「そうさなあ……こうなったらやるか。なあ、おまえら」

ホブゴブリンとタルイス・テーグが顔を見合わせた。

「俺も……気になっちまって」

「俺も手伝います……」

それを聴いて少しホッとした。彼らは欲望には忠実だが、根っからの冷血漢ではないのだ。

「助かるよ」

何重にも広がった見晴らしのいい線路の上に全員で大きく広がって歩いた。全部のレールの上を歩いてもケット・シーが轢かれたような形跡《けいせき》はなかった。

狼ラムジーは走り回って匂いを嗅《か》いでいる。

「ラムジー。何か分かるかい？」

くうーん。首を横に振る。

やはり痕跡はないらしい。だが、これでとりあえずケット・シーが列車に轢かれてはいないことだけははっきりした。

【ランダル。現在の《眼》の情報を送って欲しい】

ケット・シーに追いついてから《眼》の情報は送られてきていない。同じ場所の視覚情報は混乱するからだ。

【了解です。しかしケット・シーは映っていないようですね】

ほんの少し前に《眼》が見た映像が眼前に展開する。

接近する先頭車両の前をすり抜けて飛ぶケット・シー。その後ろを通過する長々と連なった車両。その全てが通過したとき開けた視界の中にケット・シーの姿はない。

【《眼》の情報。一分前】

【《眼》の情報。三十秒前】

【《眼》の情報。二十秒前】

ランダルはいくつもの《眼》が視た情報を送ってきたが、やはり、どこにもケット・シーの姿は映っていなかった。

同じ《眼》の映像を視ていたカウラグが意見を述《の》べた。

「列車が通っている間にどこかに隠れちまったんじゃないかナ」

「ああ。きっとそうだ」

ランダルの《眼》は術の性質上、完全なリアルタイムではなく若干《じゃっかん》の時間差が生じる。そしてケット・シーが何かの下に潜《もぐ》り込んだりした場合は追跡できない。

「ラムジー。もう一度臭跡《しゅうせき》を探してくれないか」

ウォフッ！

狼ラムジーは張り切ってあたりを嗅ぎ回り始め、線路の向こうの道路や車両基地の中まで探し回っていたが、ほどなく尻尾を下げてとぼとぼと戻ってきた。

「見つからなかったのかい？」

くうーん……。

申し訳なさそうに鼻を鳴らす。アグネスが通訳した。

「ごめんなさい、って言ってるわ」

「いや、君のせいじゃないよ。見つからないということは臭跡が残っていないということだ」

見つけられなかったことでだいぶ落ち込んでいるらしい。ごめんなさいをするように俯《うつむ》いてすりすり頭をすり付けてくる。

彼自身に失望したわけではないことをもう一度伝えるために狼ラムジーの大きな頭をぽんぽんと叩いた。

ラムジーが見つけられないということはケット・シーは地面に降りていないということだ。

どこかに飛んで逃げたのか。だが、それほど長距離を一気に飛べるとは思えない。ここまで来るのにも建物から建物へと伝って飛んでいる。

そのときランダルから《伝言精霊》が届いた。

【エルガーです。あたりの建物の上を見回りましたが、《眼》も《耳》も情報がありません】

【そうか。ご苦労だった。もし何か見つかったら連絡して欲しい】

これはひどく奇妙な状況に思えた。

ラムジーの嗅覚、ランダルの《眼》と《耳》、そのどちらもが手掛かりを見失ってしまうとは。それも、列車が通過するほんの十秒ほどの間にだ。地面に近い場所の情報はラムジーが、建物の上の情報はランダルの《眼》が捉《とら》えられる筈なのだが、まるで《低き道》に入ったかのように消えてしまったのだ。

「チビすけにも見つけられないってのは相当だな」

レノックスが肩を並べ、狼ラムジーのふさふさしたたてがみをわしわし撫でた。

「いったいどこに消えちまったんだ……？」

「分からない。ケット・シーは魔法は遣えない筈《はず》だ。轢かれていないのだからどこかに逃げていなければおかしいんだが」

何かを見落としているに違いない。だが、それが何なのか分からない。

その何かが分からない限り、これ以上ここにいても収穫があるとは思えなかった。

「みんな。ご苦労だった。捜索はここで一旦終了とする。本部に引き上げよう」

3　何を見落としていたのか

キーフは木の幹に爪を立ててよじ登り、大きく張り出した太い枝の上に落ち着いた。木登りは得意ではないが、こんな短い距離でも飛ぶ気にはなれなかった。翼の筋が痛むのだ。翼を広げようとしただけで付け根からもげそうに痛む。

鉄の長虫《ながむし》から逃げようとして死に物狂いで飛んだときに傷《いた》めてしまったに違いない。当分の間飛ぶことはできそうになかった。

飛べるようになったばかりのころ、母親に言われたではないか。自分の限界を超えて飛んではいけないと。おまえの翼はおまえを長く支えるほど強くはないのだから、と。

そもそもこんなことになったのも、母親の言いつけを守らなかったからだ。《地獄穴》に近づいてはいけないと言われていたのに守らなかった。

兄弟姉妹たちが恋しい。母の腹毛の下で姉弟《きょうだい》たちと折り重なって眠ったらどんなにいいだろうと思った。

今はひとりぼっちで、まわりは敵ばかりだ。

あのホブゴブリンたちは何故自分を追い回すのだろう？

網《あみ》に捕らえられて怖かったし、やっと逃げ出したと思ったら突進してくる恐ろしい鉄の長虫にはねとばされそうになった。

死に物狂いで羽搏《はばた》いて羽搏いて、なんとか逃げ切った。生まれてから今まで一度もこんなにも必死に飛んだことはなかった。

死にそうになりながら飛んでいると、行く手に四角い鉄の家のようなものが現れた。箱のように長く、硝子《ガラス》の窓がずらりと並んでいる。窓のひとつが開いていた。

キーフはまっすぐにその中にとびこんだ。

隠れるのにちょうどよいように思えたからだ。

だが、すぐに後悔することになった。

鉄の家と思ったものは、恐ろしい鉄の長虫だったのだ。

鉄の長虫は猛烈な速さで走り出し、キーフは怖くて恐ろしくて気が変になりそうだった。

やがてきいきい音をたてて鉄の長虫が止まり、ガシューッと扉が開いた。無我夢中で飛び降りて、建物の中を走り回っているうちにいつしか広い道に出ていた。

鉄のくるまは恐ろしかったが、翼の筋が痛むので飛んで屋根にあがることもできない。鉄のくるまを避けながらとぼとぼ歩き、辿り着いたのがこの緑地だった。

ここはひろびろとして、大きな木がたくさんあり、鉄のくるまは走っていない。木の葉は厚く茂り、キーフの姿を隠してくれる。ここならホブゴブリンたちにも見つからないだろう。

ホッとするとまた腹が減ってきた。

さっきの揚げ魚！　まだほとんど食べていなかったのに、あのホブゴブリンたちが来たために屋上に置いたまま逃げ出さなければならなかったのだ。

思いだすと涎《よだれ》がでてくる。こってりした油の匂い。まるでいま目の前にあるかのように感じられた。

いや、違う。本当に匂う。食欲を刺激する揚げ油の強い匂いがすぐ近くから漂ってきている。

どこだ……？　鼻をぴくつかせ、身を乗り出した。

キーフのいる木のすぐ下にあるベンチに、紙包みを持ったこどもが座っている。

あれだ！　驚かせてまきあげよう。

キーフは枝から飛び降りた。こどもの後ろを狙ったつもりだった。だが、顔をあげたら正面にこどもがいた。翼を使わずに飛び降りたので目測《もくそく》を誤ってこどもの真正面に着地してしまったのだ。

こどもは目を丸くしてキーフを見つめている。逃げたいという気持ちでいっぱいなのに足が動かない。

「お腹が空《す》いてるの……？」

ナーオ。

思わず声が出る。

腹ぺこで死にそうなんだ。その魚をよこせ。

こどもはがさがさと揚げ魚の包みを開けた。美味そうな匂いがあたり一面に広がる。足が一歩前に出た。

「ちょっと待って！　衣をとってあげるから」

衣を剝《は》がした魚肉《ぎょにく》の一かけらがベンチの端に置かれた。

口に涎が湧く。とてもたまらない。こどもとの間はだいぶ離れている。大丈夫だろう。

キーフはベンチに飛び乗り、上目遣いにこどもを見ながら急いで口で銜《くわ》えた。

「熱いからゆっくり食べるんだよ」

ゆっくりなどしていられなかった。夢中ではふはふと頰張《ほおば》る。美味《うま》い。少し先にもう一かけらが置かれた。身を低くしたまま一歩進んで素早く食べる。もう一かけら。もう一かけら。一かけら食べるごとにこどもに近づいている。だが、美味くて止められない。相手はたかがこどもだ。

もう一かけら。もうこどもの間近だ。はぐはぐと嚙んで飲み込み、顔をあげるとこどもと目が合った。

手に白身魚のかけらを持っている。

「欲しい？」

欲しいに決まってる。ヒゲをピンと張り、一心に見つめる。

よし。いける。視線を逸《そ》らさないよう慎重に伸び上がって素早く手から魚をとった。

「美味しい？」

美味い。まだ残ってるのか？

「もっと食べる？」

ナーアアア。

衣を剝がした魚の身が差し出される。その手から食べた。魚が無くなったのでこどもの手を舐《な》めた。

油の味がする。こどもの味がする。

緊張と喜びの匂い。

なぜこのこどもは魚をくれるのだろう？

キーフはこどもを見上げた。黒い髪で肌は白い。

たぶんダナ人のこどもなのだろうと思った。肌が白く、髪が黒いのはたいていダナ人だ。

こどもの手が耳の後ろを触った。

一瞬びくっ、となったが、害意はなさそうだったのでそのまま触らせておいた。

こどもは耳の後ろをとても上手に掻いた。それから耳と耳の間を何度も丁寧に撫でた。小さかったころ、こんな風に丁寧に母親が舐めてくれたのを思いだした。

ナーアオ。

こどもが笑った。とても嬉しそうだ。

キーフも少し嬉しくなった。このこどもはキーフが好きなのだろう。だから魚をくれたのだ。

魚を貰ってキーフは嬉しいし、こどもは魚をくれて嬉しいのだ。

「首輪してないね。おまえ、飼い主はいないの？」

誇《ほこ》り高きケット・シーに飼い主などいない。

ケット・シーは自《みずか》らの主なのだ。ケット・シーがダナやタルイス・テーグと暮らすのは、自ら選び取った場合だけだ。

このこどもはその資格があるだろうか？

あごの下を優しく掻《か》きながらこどもが言った。

「ねえ。ぼくの家に来ない？」

◆◆◆

ジャックは『未決』のトレーから書類をとりだして目を通し、サインして『既決』トレーに滑り込ませた。

昨日、鉄道施設でケット・シーを見失ってから情報はひとつも上がってこない。映像どころか目撃情報もだ。

人間たちのインターネットに翼のある獣や空を飛ぶ獣を見たという投稿がないのは救いだった。今のところ、飛ぶ獣の目撃情報が話題になったり、ケット・シーが人間に捕らえられるという最悪の事態は避けられている。

だが同様にランダルの《眼》《耳》も新しい情報をつかんでいない。相手がケット・シーだということが分かっただけで、あとは振り出しに戻った印象だ。

午前中にもう一件片づけてしまおうかと書類に手を伸ばしたとき、どんどんと執務室の扉を敲《たた》く音がした。

「開いているよ」

「おう」

敲く音の大きさからたぶんレノックスだろうと思ったらその通りだった。

「ジャック。まだ仕事か？」

「もう休憩にするところだよ」

「そうか。じゃあ昼めしを食いにいかないか？　いい店を見つけたんだ」

「ああ。そうだな……」

たまにはいいかもしれない。

「じゃあ行こう！　書類なんざさっさと片づけろ」

バトラーズ・ワーフのそのレストランは、およそレノックスが行きそうにない店だった。観光客向けの小洒落《こじゃれ》たレストランで、客は八割が女性客だ。

オーガニック食材が売りらしく、店内には色鮮《あざ》やかな野菜や果物がディスプレイされている。

ジャックは初めて見る珍しい野菜や果物をしげしげと眺めた。

「言いたいことがあるみたいじゃないか、ジャック」

「いや。健康的だと思うよ」

「俺だって健康に気を使うようになったんだ」

恐らくこの店の一番の利点は、レノックスが行きそうにない店だということだ。ここで同盟関係者に出くわす確率はロトくじに当選するより低い。

レノックスは本日の野菜スムージーと鯖《さば》サンド、ジャックは人参《にんじん》とマンゴーのスムージー、それにコールドチキンサンドを頼んだ。どちらのセットにも野菜サラダがつく。

氷はいらないと言うと店員は目を丸くしたが、冷たさが分からないので入っていてもいなくても同じなのだ。

運ばれてきたサンドイッチも野菜も美味《おい》しかったし、オレンジ色のスムージーも悪くはなかった。

黙々と鯖サンドを頬張《ほおば》っていたレノックスが不意に顔をあげた。

「……昨日の捕物は骨折り損だったな。あんだけ雁首《がんくび》揃えて猫一匹捕まえられねえとはなあ」

「まだ見つける希望はあるよ。誰も捕まえていないということはどこかにいるということだ」

「本当にどこに消えちまったんだろうな……魔法みたいって言い方は変だが、まるで魔法みたいだった」

「何か見落としているんだと思う」

特急列車が通過している間にあの三人とは別の誰かが《低き道》を開いてそこから連れ去ったとしたら……？

だが、もし何者かが《低き道》で現れたとしても、そのまま同じ道から逃げるわけにはいかない。《低き道》は一方通行なのだ。あの短い時間で来たときの古い道を消し、新しい道を開いてその痕跡《こんせき》も残さず消えた、ということは考えにくい。

ケット・シーは何の痕跡も残さず消えた。

ラムジーはビルの屋上に残されていたケット・シーの匂いを覚えている。手掛かりになる新しい目撃情報があれば追跡を再開できるのだが、その情報が何ひとつない。

「そういえば、ラムジーはあの姿のまま家に帰ったのか？」

「あのまんまだ。不便なんでアグネスのとこに泊まるそうだ。最近は毎月そうしているらしい。狼のときしか泊まらないのが律義《りちぎ》というか堅いというかだが」

「ああ。それはラムジーらしい」

ラムジーとアグネスは似合いのカップルだと思う。

ビルの屋上から屋上へジャンプしたときははらはらしたが、あの二人にとっては当たり前の行動だったのだろう。跳躍するまで一秒の半分もためらわなかった。

ラノンでは人狼《ウェアウルフ》と巨人族のカップルは珍しい。だが、この世界ではラノンの常識は関係ない。

二人が家庭を持つなら応援するつもりだった。

「ところで、ジャック。あの三人組は本当に諦めたのか？」

「大丈夫だ。長命種《ちょうめいしゅ》のグリフォンだと思っていたらしい。ケット・シーでは持っている妖素《ようそ》の量はたかが知れている。メンバーたちにはケット・シーの情報があったら報告するよう連絡を回した。発見につながる情報には妖素で報酬を出すことにしたよ」

「なるほどな。そりゃいい案だ。カウラグとジミイはうまいことやっていい目を見たと思われてるだろうからな」

「どういうことだ？」

「カウラグとジミイに妖素を支給したんだろう？」

「ああ。だが仕事の分だけだ。余分には出してない」

「関係ないさ。魔法を遣えたってだけで得したってことだ。ガス抜きになるからな」

「そんなものなのか」

「そんなもんだ。俺が会員から嫌われてるのもそのせいもある。うまいことやってるように見えるんだろうな」

レノックスはランダル・エルガーを除けば同盟の仕事を一番多くこなしているだろう。プライベートな時間などほとんど無いのではないかと思う。

同盟員には二つのタイプがいる。まったく働く意欲がないタイプと、働きづめの仕事中毒タイプだ。

レノックスはもちろん仕事中毒だ。

仕事中毒の会員のほとんどは、忘れるために働いている。仕事に没頭《ぼっとう》している間はラノンと、ラノンに遺してきたものを忘れられるからだ。

みな、それぞれに故郷への想いを抱《かか》えて生きている。

決して還《かえ》ることのできない美しい故郷。

「……なあ、ジャック。ちょっと話があるんだが」

「なんだ?」

どうやら、その「ちょっと」の話をするのがこの不似合いな店に誘った理由らしい。

「その、えーっとだな。昨日の朝の話だが……」

昨日の朝?

すっかり忘れていたので一瞬何のことかと思った。人間の移民を手助けしたいと言ったあの件だ。あの気まずい会話を蒸し返す気なのか。

「あれは忘れてくれ。僕の考え違いだった」

「あ、いや。そうじゃないんだ！」

レノックスは慌てて緑色のスムージーをがぶりと飲み、顔をしかめた。

「なんだこりゃ！　ホウレンソウか……？」

「本日の野菜がホウレンソウなんじゃないか」

実を言うと何が入っているか分からないからそれは避けたのだ。でもレノックスは少し野菜を摂《と》った方がいいと思う。

「あー、その。あんときは俺も言い過ぎた。謝る」

「謝る必要はないよ。おまえは僕の間違いを指摘しただけだ」

「いや、あれから俺も考えたんだ。移民支援の団体が資金難だっていうんなら、葬儀社の方で運営NPOに寄付したらいいんじゃねえか？」

ジャックはあっ、と思った。

「なるほど……！　名案だ。考えつかなかったよ」

魔法で解決することばかり考えていたからだ。

この世界には、この世界のやり方がある。

この世界の人間たちは魔法なしに全てを行っている。摩天楼《まてんろう》を造り、地底や空を旅し、遠く離れた友人と会話しているのだ。それを忘れていた。

「ありがとう、レノックス。感謝するよ」

「たいしたことじゃねえよ。たまたま思いついただけだ。シェルターが閉鎖になって困ってるのはこっちも同じだからな」

「いや、本当に名案だ。人道団体への寄付は企業イメージアップにも繋がるからね。一石二鳥だよ」

ただ、それにはまずグループ企業の収支を改善しなければならないが。今の経営状態では多額の寄付などできない。その件に関してはまた考えよう。何が問題なのかはもう分かっているのだから、あとは一つずつ対処していけばいい。この世界の人間たちが魔法など遣わずにやっていることだ。

人間たちはそうやって世界を少しずつ変えてきたのだ。

目の前にかかっていた霞《かすみ》が晴れて隠されていたものが現れてくるような気がする。

何を見落としていたのか……何を見ればいいのか。

それが解《わか》ってきた。答えが見つかりそうだ。

ジャックはスマートフォンを出してテーブルに置いた。ケリに頼めば調べてくれるだろう。

しかし、ケリは勉強で忙しい筈《はず》だし、毎回頼っていてはいつまでも覚えない。

「レノックス。この機械で調べ物をするのはどうやるんだ？」

ショーン・フラナガンは自分は世界で一番幸運な十一歳だと思った。

ついさっきまで、ショーンはひとりでバタシー・パークこども動物園に行くつもりだった。父に買い与えられた年間パスポートがあるからだ。ライオンや象はいないけど、ポニーやカワウソやハリネズミがいて、うさぎに餌《えさ》をやることもできる。

でも、もう動物園に行く必要なんてない。

目の前に、自分だけの猫がいるのだ。

バタシー公園で出会った黒い猫にフィッシュ&チップスをやったら、触らせてくれたのだ。人懐《なつ》こくて、すごく可愛かった。だから何の気なしに口にしたのだ。

(ぼくの家に来ない?)

もちろん猫に通じるとは思っていなかった。

だけど、ショーンがベンチから立ち上がると、猫はそのままついてきた。

信じられなかった。何度振り返ってもずっとついてくるので、バスには乗らないで歩いて帰った。

家の前まで来て、それでも猫がいるのを知ったときは天にも昇る気持ちだった。

「ここがぼくの家だよ」

猫は尻尾《しっぽ》を揺らしながらショーンを見上げている。

「入って」

玄関のドアを開けると、猫は至極当然という顔でするりと中に入った。まるで招《よ》ばれてきた来客みたいだった。ショーンが招待したのだともいえるけれど。

「気に入った？」

ナーオ。こちらを見て返事をするように鳴く。

まるで言うことが全部分かっているみたいだ。

うまい具合に家には誰もいない。ハウスキーパーのミセス・ハワードも今日はお休みだ。テーブルの上にはいつものように「好きなものを買いなさい」というメモと、マネークリップに挟んだ十ポンド紙幣《しへい》が無造作《むぞうさ》に置かれている。父はなんでもお金で済ませればいいと思っているのだ。

いつの頃からか、父はショーンと目を合わせようとしなくなった。

一緒に食卓に着くこともほとんどない。

朝、水商売の父は遅くまで寝ているからショーンはひとりで朝食を食べて学校に行く。父が帰ってくるのは深夜だ。家で夕食を食べることは滅多《めった》にない。ショーンはミセス・ハワードが作った夕食をひとりで食べる。父の仕事が休みの日、学校の話をしようとしても疲れているかいっていてもくれた。

うんと小さかった頃は一緒に遊んでくれたし、いろいろなところに連れていってもくれた。

だけど今はそうじゃない。

父はショーンが嫌いになったのだ。

もしかしたら、ショーンが母に似てきたからかもしれない。ショーンは小さい頃に家を出ていったという母の写真を一枚だけ隠し持っている。自分で見ても似ていると思う。

たぶん父は母を思いだすからショーンの顔を見るのが厭《いや》なのだ。

猫がショーンを見上げ、ナーオ、と鳴いた。

「ごめん、退屈してた？　ぼくの部屋に来てよ」

ナーオ。

ショーンのあとについてこども部屋に入ってくる。

「ここがぼくの部屋。楽にしてて」

猫はショーンの部屋を検分《けんぶん》し、ベッドカバーの上に飛び乗った。

気にいってくれたのかもしれない。

「そこはぼくのベッドだよ。でも、気に入ったのならとりあえずそこに座ってて」

ナーアオ。

高くピンと伸ばしたふわふわの尻尾が僅《わず》かに揺れる。

返事をしてくれているみたいで、すごく嬉しい。

ショーンは動物が好きだった。

ふかふかした毛や羽に触れるのが好きだった。彼らの温《ぬく》もりが好きだった。触れなくても見るだけでもいいのだ。動物たちが幸せそうにしているのを見るとショーンも幸せな気持ちになれる。

父に犬か猫を飼いたいと頼んだけど、ダメだと言われた。ショーンがまだ責任を持って面倒をみることができる歳じゃないから、と。八歳のときに頼んで、十歳になったらと言われて、もう十一歳の誕生日を過ぎたのに飼わせて貰えない。

だけど、ちゃんと世話をできると証明すれば許してくれるかもしれない。

内緒で飼ってバレるまでの間、ショーンが猫の面倒をみていればそれが証明になるのでは？

どうせ父はショーンの部屋には来ないから部屋から出さないようにすれば大丈夫だ。ハウスキーパーのミセス・ハワードには隠しておけないけど、頼めば黙っていてくれるかもしれない。ミセス・ハワードはショーンの味方なのだ。

あとで必要なもの――トイレ砂とかキャットフードとかを買ってこよう。お金ならある。父がマネークリップに挟んでテーブルの上に置いていく紙幣はいつも必要より多い。残った分はいつか家を出ていくときに向けてためてある。それが役に立つときがきたのだ。

猫はショーンのベッドの上に寝そべってくつろいでいる。

この幸運が信じられなかった。こんなにかわいくて奇麗な生き物が自分の意思でついてきてくれるなんて。

親に猫をプレゼントされるこどもは大勢いるだろうけど、猫に選ばれるこどもはいったいどれだけいるだろうか?

猫が好きなのはショーンじゃなく、揚げた白身魚だという可能性はある。父だったら、きっとそう言うだろう。でも、そのことは意識の外に押しのけた。

驚かさないよう、そっと猫の隣に座る。

猫は逃げない。それどころか、膝の上に乗ってきた。鼻先を寄せてショーンの匂いを嗅《か》ぎ、ぐりぐり頭を押し付けてくる。

幸せ過ぎて頭がくらくらした。

なんて可愛いんだろう。言葉にできないくらい可愛い。

そうだ。名前を決めなくちゃ。

猫の毛は長くてふわふわで真っ黒で、前脚の先だけが白かった。ソックスを履《は》いてるみたいだ。

「おまえの名前、ソックスっていうのは?」

ナアアアアー……。

オレンジ色の月のような真ん丸な眼が見上げる。

なんだか気に入らないみたいだ。でも、他に思いつかなかった。

「よろしく、ソックス。ぼくはショーンっていうんだ」

ナーアアオ。

猫は温かくて柔らかかった。耳の後ろやあごの下を丁寧に掻き、ふかふかした背中の毛を撫でたとき、何か違和感があった。

なんだろう？　柔らかな毛の中に堅くてすべすべした部分がある。

猫の背中に手を滑らせたショーンはあっ！　と声をあげた。

◆◆◆

「昨日のあの時間、あのガトウィック急行の他にヴィクトリア駅を出てあそこを通った列車がなかったかどうか知りたいんだ。この機械でそういうことが調べられるんだろう？」

ジャックはスマートフォンの画面に指で触れた。画面に並んだアイコンのひとつひとつがそれぞれ違った機能を持っているのだという。

「待てよ。俺も詳しくはないんだが……」

そう言いながらもレノックスは先に答えを見つけた。

「……あるな。ブライトン行き普通列車だ。これで見るとガトウィック急行は少し遅れての発車だった」

「そういうとき普通列車はどうする？」

「信号で急行列車に先を譲《ゆず》るな。待てよ、あのとき他の列車が停まってたか？」

「僕も覚えていない。だが、可能性はあると思う」

スマートフォンで地図の画面を出してみる。レールは車両基地への引き込み線の他に十本くらいありそうだ。

「猫が停車中の普通列車の中に乗りこんだとしたら？　ランダルの《眼》もラムジーの鼻も見失う」

「急行列車が通過したら普通列車はすぐ出発だな。猫を乗っけたまま動きだしたってわけか」

「いまのところ推測に過ぎないけれどね。列車に猫が乗っていたら人間はどうする？」

「ＳＮＳに投稿するだろうな。だが、飛ぶ獣の投稿は最初の以来一件もないぞ」

「僕らは飛ぶ獣の情報を探してた。だが、ケット・シーが飛ばずに歩いていたとしたらどうだろう」

ケット・シーは翼をたためば普通の猫のように見える。だが、今までインターネットでは『飛ぶ獣』や『翼のある獣』でしか探していなかった。

「少しの間『飛ぶ』は忘れよう。僕らが探すべきは列車に乗った黒猫だ」

「ちょっと待ってくれ。インスタグラムかツイッターだな」

レノックスが『猫』『列車』で検索をかけると、ぞろぞろ出てきた。

『列車に猫が乗ってた！　かわいい！』『黒猫……不吉』『猫だ。通勤してるのか？』

「大当たりだ、ジャック。どれもヴィクトリア駅発ブライトン行きだ。あの猫は列車に乗って行っちまったんだ」

「やっぱりそうだったか。次はどこで降りたかだ。『黒猫』『駅』で検索してみてくれないか」

レノックスがそれを見つけるのにほんの数秒しか掛からなかった。

「あったぞ！　バタシー・パーク駅で黒猫が構内を走り回ってたというツイートだ。日付は昨日だからばっちりだ」

バタシー・パーク駅はヴィクトリア駅から一駅めだ。ケット・シーは走り出した列車が停まった最初の駅で飛び降り、パニックになって駅構内を走り回っていたらしい。

「写真もあるぞ。真っ黒で写りはよくないが」

「そこからどこに行ったかはないのか？」

「ないな。バタシー・パーク駅からの投稿だけだ。『猫』だと多すぎて絞《しぼ》れないしな。まったくインターネットは猫だらけだ」

「十分だよ」

昨日バタシー・パーク駅にいたのがはっきりしているのなら、そこを起点に探すことができる。

「アグネスに連絡しよう。ラムジーに臭跡《しゅうせき》を探してもらうんだ」

4　一石三鳥の案

アグネスからラムジーを連れて先にバタシー・パーク駅に行くという返事がきた。アグネスのフラットはバタシー・パーク駅まですぐなのだという。

「若い女性の一人暮らしには向かない場所じゃないか？」

「いや。最近、再開発で洒落《しゃれ》た街になったぞ」

「そうなのか」

「ああ。人気上昇中だ。同盟でも借り上げてる家が何軒かあるんだが、お陰で賃料が値上がりして契約更新が怖い」

やれやれ。ここでも家賃の高騰《こうとう》か。

現地で落ち合う約束をし、こちらはレノックスの車で行くことにした。駅や往来へ《低き道》で移動すると監視カメラに引っ掛かる可能性がある。《惑わし》ではカメラは騙《だま》せない。

車で移動中、エレファント&キャッスル駅前を過ぎたあたりでアグネスから着信があった。

『ラムジーはあの猫の臭跡《しゅうせき》をみつけたみたい。さっきまで駅の中で探してたんだけど、もう外に出てぐいぐい歩いてる』

「分かった。僕らはレノックスの車でそちらに向かっている。何か見つけたらまた連絡して欲しい」

『了解！　メッセージで位置情報を送るわ』

位置情報はバタシー・パークの中だ。昨日、列車から逃げだしたケット・シーは公園に隠れていたということか。

しばらくして再び電話が掛かってきた。

『あたし。アグネスよ。公園を出たわ。ラムジーとワリナー・ガーデンズ・ロードを歩いてる。公園の一本南側の道』

「こちらも公園前の円形交差点《ランナバウト》まで来てる。一、二分で合流できるよ」

公園の南側は小奇麗な住宅街になっていた。両側に並ぶ赤煉瓦《あかれんが》に白い出窓の縦割り住宅《セミデタッチドハウス》は伝統的な様式だが、ここの住宅は最近新しく建てられたものらしい。

前方にハーネスを着けた狼と長身の女性が見えてくる。ラムジーとアグネスだ。レノックスは車を寄せ、道の端のパーキングに停めた。

「ジャック！　レノックス！　こっち！」

車から降りるとたちまち狼ラムジーが駆けてきてわふわふとまとわりついた。

「ラムジー、何が言いたいんだい？」

「ラムジーは公園から迷わず歩いて来てここで止まったのよ。間違いなくこの辺りにいると思う」

「住宅地だな。どこかの家の裏庭にでも隠れてんのか」

だとしたら少し厄介《やっかい》だ。一軒ずつ探さなければならないが、こちらの動きに気付かれたらまた逃げてしまうだろう。

ウォフッ！

ラムジーが頭と尻尾を高くあげ、空気の匂いを嗅《か》いだ。

ひとりの少年が大きな荷物を下げて駅の方から歩いてくる。

狼ラムジーは少年に向かってタッタと軽快に駆け出した。リードで繋がっているアグネスも引っ張られて小走りに駆け出す。

ラムジーは少年に駆け寄ると熱心にくんくん匂いを嗅いだ。

「な……なに……？」

アグネスが素早くフォローに入った。

「ごめんねー！　この子、君の何かが気になってるみたい」

「だいじょうぶです。おねえさんの犬？」

少年は驚いているが、怖がってはいなかった。犬好きなのだろう。くすくす笑っている。

「すごい大きいや。ハスキー犬？」

「ええっとね。ラムジーはウルフドッグ……」

「ウルフドッグ！　初めて見た！　さわってもいい？」

「ラムジーは特別な子だから撫でても大丈夫よ。でも、他の大きな犬にいきなり触っちゃだめ。約束して。ラムジーは本当にすごく特別な子なんだから。他の犬とは違うの」

「うん」

　少年は手に持っていた袋を歩道に置き、嬉しそうにラムジーを撫で始めた。ラムジーもニコニコと尻尾を振っている。

「ジャック」

　レノックスが目配せした。少年が持っていた袋の中身が見えている。キャットフードだ。袋からは猫用のおもちゃらしきものもはみ出している。

「ラムジー。探し物を見つけたのかい？」

　ラムジーはそうだというようにウォフッ、と吠えた。

　間違いない。少年にはケット・シーの匂いがついているのだ。

　ジャックは少年に歩み寄り、狼ラムジーの大きな頭を撫でながら尋ねた。

「犬が好きなんだね」

「うん。犬も猫も好き」

「その荷物、キャットフードだね。猫を飼ってるのかい？」

「今日から飼うんだ。公園で拾ったんだよ。餌《えさ》をやったらぼくについてきてくれたんだ！」

少年は頬を輝かせた。

「すっごく可愛いんだ。名前もつけたんだよ。ソックスって」

レノックスが横から口を挟んだ。

「坊主。そのソックスってのは足先が白い黒猫じゃないのか？　俺たちはそういう黒猫を探してる。昨日、バタシー・パーク駅あたりで見失っちまったんだ」

「ち……ちがうよ！」

少年は慌てて否定した。

「ソックスは……ええと、虎猫《とらねこ》なんだ。茶虎だよ！」

「茶虎なのにソックスか？」

「ぼくがつけたんだからソックスだよ。その、ソックスが待ってるからもういかなきゃ……」

狼ラムジーが大きな身体で素早く回り込んで少年の行く手を塞《ふさ》いだ。人懐こい茶色の眼で見上げ、くんくん鼻を鳴らす。これは犬好きの少年には突破しづらい。

「ごめん、どいてよ。ぼく行かなくちゃ……」

「少しだけ聞いてくれないか」

ジャックは膝をついて少年の目の高さに合わせた。

「ソックスが何色の猫でもかまわないんだ。大事なのはソックスが特別な猫だということだよ。ソックスはこの世界に一匹しかいない猫なんだ」

少年はあっ、という顔した。

「……知ってるの？」

「君がどういう意味で知っているかと訊いたか知っているよ。僕らはその猫を保護したいと思っているんだ」

「どうして……？」

「ソックスみたいな猫がこの世界で静かに生きていくのは難しいからだよ。もしソックスのことが世間に知れたら大騒ぎになる。悪意ある者の手に渡るかもしれない。僕らはソックスが穏やかに暮らせるようにしたいんだ」

「ソックスはどこかの研究所から逃げてきたの……？」

「そうじゃないよ。ただ、とても遠くから来たんだ」

少年の想像力にジャックは小さく微笑《ほほえ》んだ。

「僕らはソックスがどこから来たのか知っているんだよ。僕らを信用して任せてくれないか」

「そんな怪しいサングラスしているひとを信用できないよ」

「これか。そういえば、確かに怪しく見える」

ジャックはサングラスを外した。少年が小さく息を呑《の》むのが分かった。

「この眼だからね。夏の光が眩《まぶ》しいんだ」

「ごめんなさい……はやくサングラスかけて」

思い遣りのある優しい子だと思った。少し弟を思いだす。ニムロッドもやはりこんな風に思い遣りのある子だった。小さかったニムも今はもう大きくなっているだろうけれど。

少年はすこし迷っている風だった。

「だけど……あなたたちが悪いやつじゃないって、どうしたら分かる？　ソックスを解剖《かいぼう》したりしないって」

「それを証明するのは難しいな。ひとつだけはっきり言えるのは、僕らはラムジーに好かれているということかな。ラムジーには人の悪意が判るんだ」

ラムジーが同意するように長く鼻を鳴らす。少年はラムジーをじっと見つめている。

「……ぼくのことは？」

大きく尻尾を振って少年に身体をすり寄せる。ラムジーは犬好きで悪意のない人間なら誰だって大歓迎だ。

「好きだって言ってるよ」

「ほんとう……？」

「本当だよ。ラムジーには君が優しい子だって分かるんだ」

「……ソックスは、ぼくのことが好きなんだよ……だからぼくについてきたんだ」

「ああ。きっとそうだね」

少年は泣きそうな顔をした。

「……ぼく、分かったよ。あなた、いいひとだ」


「入って」

少年は、ショーンという名だった。父親と二人でこの家に住んでいるという。

「だれもいないよ。パパは出かけてる。ハウスキーパーのミセス・ハワードも今日はおやすみなんだ」

青い扉の縦割り住宅は二人暮らしにしてはかなり広かった。家の中が片づいているのはハウスキーパーを頼んでいるからか。片づいているというより、妙に生活感が薄い。この子の父親は、あまり家にいないのかもしれない。

「ここで待ってて」

ショーンは二階の子供部屋に上がっていった。猫はそこにいるという。

三十秒後、少年の叫び声が聞こえた。

「坊主、どうしたんだ⁉」

「パパが！　ソックスをどこかに連れてっちゃった！」

転げ落ちそうな勢いで階段を駆け降りてくる。その手には一枚のメモが握られていた。

「ぼくがペットショップに行ってる間に帰ってきてたんだ！　きっと、どこかに捨てに行ったんだよ！」

「なんてこった！　親に内緒で飼おうとしてたのか？」

「だって、パパはダメって言うに決まってるから……」

「まったく、ガキってのはどの国もやることは同じだな」

レノックスは溜め息交じりに言った。身に覚えがあるのかもしれない。

「ショーン。そのメモを見せてくれないか」

――ショーンへ。猫は飼えないと言った筈だ　父――

メモに書いてあるのはそれだけだった。猫をどうするとも書かれていない。

「どこへ行ったか心当たりは？　友人か同僚のところに連れて行ったのかもしれない」

「分からないよ……！」

顔がくしゃくしゃになり、涙が溢れだす。

「パパの友達なんてだれもしらない……仕事のことも何も知らないよ。パパはなんにも話してくれないんだ……パパはぼくのことが嫌いなんだよ……」

どうもこの親子はあまりうまく行っていないらしい。だからこそ少年は猫を飼いたかったのではないか。

「参ったな。テレビ局とかに行ったんじゃないだろうな……」

「どうだろう」

ぱっと見には普通の猫に見えるから羽があることに気がついていない可能性もある。ショーンが言ったように捨てに行ったのかもしれないし、知人に預けに行ったか、或いはこの近くにある動物保護施設に行ったのかもしれない。

「車で行ったのか？」

「……うん。そうだと思う。家の前にパパの車がなかったから」

「どんな車だ？　色は？」

「コガネムシっぽい緑色のフォルクスワーゲンだよ」

「あたし、見たかも！」

アグネスが叫んだ。

「公園からこっちに歩いてきたとき、変な緑色のワーゲンが駅の方へ走って行った！」

「僕らが来る直前か。だとすると、まだ十分くらいしか経っていないんじゃないか。追いつけるかもしれない」

「ああ、すぐ追いかけよう。それじゃな、坊主。俺たちはもう行く。ありがとうよ」

泣いていたショーンが顔を上げた。

「……ソックスを取り返しに行くの……？」

「そうだ。うまくいけばだが」

ショーンは涙を拭《ふ》き、レノックスの袖《そで》をつかんだ。

「待って！　ぼくもつれてってって！」

「駄目だ、坊主。俺が誘拐犯と間違われる」

「だって、ぼくがいなかったらパパがパパだってわからないじゃない！　つれてってってよ！」

この世界の常識では、確かにそうだ。しかし魔法を遣えばショーンの父を見つけだす方法はある。

ジャックは少年に視線を戻した。泣かないようにぐっと息を詰めてこちらを見上げている。

ほんの数分前まで、この子は自分だけの猫を見つけたと思っていたのだ。自分たちはそれを取り上げようとしている。

「……分かった、ショーン。一緒に行こう」

「ありがとう！」

「なんでだよ、ジャック！」

「この子はきっと役に立つよ、レノックス」

そう言いながら《伝言精霊》を送った。

【この子のケット・シーに関する記憶は消さなければならないだろう。でもその前に一度会わせてやりたいんだ】

レノックスはチッと舌を鳴らした。

「しゃあねえな。俺は方位盤《ほういばん》を作る。あんたはランダルに連絡して《眼》を頼んでくれ」

レノックスが海水を呼び出すのを見たショーンは眼を丸くした。

「いま、どこから水を出したの……？」

「あの人、手品師《マジシャン》なのよ」

「誰が手品師だ……！　できたぞ」

レノックスの方位盤はショーンが提供《ていきょう》してくれた父親の髪の毛を小枝に巻きつけて海水に浮かべただけのものだった。

「それで分かるのか？」

「ああ。方角だけだが」

経過時間は分かっているから方角さえ分かればだいたいの位置が分かる。位置が分かればランダルの《眼》が有効だ。

レノックスの車の後部座席にアグネス、ラムジー、ショーンが乗り込んだ。かなりぎゅうぎゅう詰めだ。

「みんなシートベルトを締めろ。ジャック、方位を見ててくれ」

海水に浮かんだ髪の毛がくるりと回ってぴたりと一つの方向を指し示す。

「レノックス。北東の方角だ」

「了解だ。よし行くぞ！」

方位盤の指し示す方向に向かってナインエルムズ・レーンを走り、車はバタシーの動物保護施設を通り過ぎた。

方位盤の髪の毛は保護施設には反応せず、東を指し続けている。

これでショーンの父親の行き先が保護施設でないのがはっきりした。この道の十五分ほど先を行っているなら、ヴォクソールを通過してケニントン・レーンに入っているだろう。ジャックはランダルに《伝言精霊》を送った。

【ジャックからランダルへ。ヴォクソールからケニントン・レーンを東に向かう緑色のワーゲンを視《み》たら教えて欲しい。コガネムシの色だそうだ】

二分もしないうちにランダルから返事が来た。

【ケニントン・レーンを東に向かうコガネムシの緑色のワーゲンを発見しました。渋滞につかまっていますね】

あの道は工事中だった筈《はず》だ。知らずに入ったのかもしれない。

スマートフォンを見ていたアグネスが声を上げた。

「ちょっと大回りだけどパーク通りへ迂回《うかい》した方が速くない？　そっちは渋滞してないわよ」

「俺もそれを考えてた！」

レノックスはそう叫ぶとダラム通りを右折して迂回路に入った。アグネスの言う通り渋滞しておらずすいすい進む。これで差が縮《ちぢ》まりそうだ。

【ランダルです。当該《とうがい》の車がケニントン・レーンとパーク通りの合流点を通過しました】

「了解、こっちもそろそろ合流点だ！」

ショーンが不思議そうに訊く。

「ねえ、誰と話してるの？」

「気にしないで。新式のWi-Fiなのよ」

「よーし、追いつくぞ！」

レノックスはスピードを上げ、前を行く車を次々追い越した。エレファント＆キャッスル駅前の円形交差点がもう目の前だ。ここで追いつかないとまた離される。

「あっ！　あれ、パパの車だよ！」

ショーンが叫んだ。円形交差点の中を走る車の列の中にコガネムシの緑色の車体がちらりと見える。

「間違いないよ！　ぼく、何度も乗ってるんだから！」

「よし。あの緑色を追うぞ」

緑色を追って交差点から大通りに出た。コガネムシのようなワーゲンは数台先を走り、先行したまま大通りから狭い路地へと入っていく。

【当該の車はウェッバー通りを左折】

道は狭く、両側にはくすんだ古い煉瓦のビルが続いている。ハンドルを握るレノックスがぼやいた。

「くそっ、あとちょっとで追いつくんだが、この道じゃ追い越しがかけられねえ」

「なんだか見たような場所じゃないか？」

「ああ。確かにな」

よく知っている場所だ。ほぼ毎日のように通る。

緑色のフォルクスワーゲンはますます馴染《なじ》み深い路地に入っていった。

「あの角を曲がるわ！　ねえ、あの先ってもしかして……」

「……ああ。俺も考えてた」

《ラノン&Co《カンパニー》葬儀社》の前の路地だ。そのまま葬儀社の敷地へと入っていく。

どういうことだ……？

【ランダルです。たったいま当該の車が本社裏の来客用駐車場に駐車するのを目視《もくし》確認しました】

レノックスは車を《葬儀社》の玄関前に横づけした。

「先に入っててくれ。俺は駐車場側から挟《はさ》み撃《う》ちにする」

「分かった。ラムジー、ショーン、アグネス、行こう」

エントランス・ホールに入ると奥から段ボール箱を抱えた男が歩いてくるのが見えた。長身で姿勢がよく、きれいに刈り込んだ遊び人風の顎髭《あごひげ》を立てている。

その顔にどこかで見覚えがあるような気がした。葬儀社の社員ではないが、同盟の関係者じゃないか……？

「パパだ！」

ショーンが一声叫んで、脱兎《だっと》のごとく男に駆け寄る。

「パパ！」

「ショーン……？　なんでここに……？」

「パパを追っかけてきたんだよ！　ソックスを返してよ！　その箱の中にいるんでしょ！」

「ソックス？　こいつに名前をつけたのか」

「そうだよ！　ぼくが拾ったんだから、ぼくの猫なんだ！」

「ショーン。聞き分けのないことを言うな。こいつはおまえの猫じゃない」

駐車場側に回ったレノックスが奥から追いついてきた。

「ジャック！　ショーンは親父さんに会えたのか？」

「ああ。やっぱりソックスを連れてきていたようだ」

ショーンの父親は吃驚《びっくり》したように振り返ってこちらを眺めている。

「レノさん……？　それに、ウィンタース盟主《めいしゅ》……？」

「なんだ。パット・フラナガンじゃないか！」

「レノさん、なんでショーンを……？」

「まあ、いろいろあってな……」

ジャックはようやくショーンの父親にどこで会ったのか思いだした。関連企業の視察でだ。

「彼は『ベルテンの夜』で働いているんだね」

「ああ。そうだ。パットは『ベルテンの夜』のバーマンだ。参ったな……」

つまり、ショーンの父親は同盟メンバーだったのだ。

パット・フラナガンは息子の部屋にケット・シーがいるのを見て仰天《ぎょうてん》したに違いない。だがケット・シー発見への懸賞情報を聞いていたから、捕まえて本部に持ってきたのだ。

「パパ、あのひとたちを知ってるの……？」

「ああ。パパのお店の関係でお世話になっている人と……親会社の社長さんだ」

「社長さん……？　パパの上司だったの……？」

ショーンの視線がレノックスとジャックの間を行ったり来たりする。

「俺じゃねえぞ。社長はジャックだ」

「そうなんだ。でも『ベルテンの夜』は子会社だから直接の上司ではないんだけどね」

パットはダナ人だろう。ショーンを見て弟のことを思いだしたのは、そういうことだったのか。

「盟主。息子がご迷惑をおかけしたようで……」

「いや。ショーンのお陰《かげ》でケット・シーを保護できたんだ。むしろショーンには礼を言うべきだね」

そのとき、パットが抱えている段ボール箱がわさわさと大きく揺れだした。

「しまった！　術が解《と》けた……！」

段ボール箱の蓋《ふた》が内側から押し開けられ、真っ黒でふわふわの生き物が顔を覗かせた。驚くほど狭い蓋の隙間からするりと抜け出して床に飛び降りる。

ケット・シーだ。オレンジ色の真ん丸な眼であたりをぐるぐる見回している。ショーンが叫んだ。

「ソックス！」

「ナアアア――ン……！」

ケット・シーは小さな黒い翼を広げ、ぱたぱたと羽搏《はばた》いてショーンの腕に一直線に飛びこんだ。

「ソックス……！　ぼくのこと覚えててくれたんだね……大好きだよ、世界中の猫を合わせたより大好きだよ！」

「ショーン！　こっちに渡しなさい」

「いやだ！　ソックスはぼくの猫なんだ……」

「ショーン、そいつはただの猫じゃないんだ。うちでは飼えない」

「パパ……？　どうしてソックスのこと知ってるの……？」

「あ……いや……」

「ここ、どこなの……？　どうしてソックスを連れてきたの……あの人、パパの上司なんでしょ……？」

パットは返答に詰まった。ショーンは涙の溜まった目で父親を見つめている。

そのときホールの奥から響く声に静寂が破られた。

「フラナガン。可愛い息子さんですね」

仮面のような微笑《ほほえ》みを浮かべたランダルだ。パットが到着してからずっと《視《み》て》いたに違いない。

「いくつになられましたか」

「か、会長……。その、十一になりました」

「落ち着くまで息子さんと猫はしばらくそっとしておいてあげたらどうですか。ゆっくりお別れを言えるように」

確かにそうするのがよさそうだ。ショーンはぐすぐす啜《すす》り上げているし、ケット・シーはしがみついて離れない。

「レノックス。悪いんだが、ショーンとソックスを礼拝堂の待合室に案内してやってくれないか。あそこなら狭くて落ち着く」

「おう」

「パット。少し二人で話をしたい」

「はい、盟主……」


レノックスとラムジーはショーンに付き添って待合室へ行き、アグネスはペットショップに猫用品を買いに行った。ケット・シーといえど猫は猫だ。

ジャックは話しあいの場所を執務室に移した。

「ショーンには気の毒だと思うが、ケット・シーを家で飼うのは無理だ。同盟に任せて欲しい」

「もちろんです、盟主。ショーンにはよく言って聞かせます。本当に息子がいろいろ面倒をおかけしまして……」

「パット。ショーンはさみしいのだと思う」

「えっ……」

「ショーンは僕に言ったんだよ。パパは何も話してくれない、自分のことが嫌いなんだ、と」

「あの子がそんなことを……」

「ああ。ショーンは泣いていたよ。仕事熱心なのはいいが、もう少し一緒に居る時間を増やすことはできないだろうか」

「ショーンは初対面のあなたには話したんですね……私に面と向かって不満を漏らしたことはなかったのに……」

パット・フラナガンはソファの上で俯《うつむ》き、傾いた身体を支えるように両手を膝についた。

「……盟主。ショーンには、全く魔力がないんです。セカンドサイトすら」

「まだ十一歳だろう。これから備わるかもしれない」

「ショーンは私にとって初子《ういご》なんです。この世界の女性との間に生まれた初子にはほぼ力が伝わらないのはご存知でしょう」

それは事実だ。ラノンでも上の子より下の子の方が魔力が強いのが普通で、だからダナ王家は末子相続制《まっしそうぞくせい》をとっている。第六子の自分が王太子《おうたいし》だったのは弟のニムロッドが産まれるまでの間だけだった。

「最低限、セカンドサイトがないと準会員にもなれません。ショーンが準会員になれれば、いろいろ話をしてやることができるでしょう。ですが、何も言えないんです。同盟のことも、ラノンのことも、自分がダナの血をひいていることも。出自も仕事も、本当のことは何も言えません」

「それは、辛《つら》いだろうね」

「ええ。私だってあの子を愛してるんです。でも、だから、嘘を吐《つ》くのが辛い。毎日嘘を吐きながらあの子の顔を見るのが辛いんです……気がついたら、無意識にあの子を避けるようになってました……」

「そうか……」

ショーンと父親がぎこちない関係になっているのは同盟の規約のせいなのだと思うと、胸が痛んだ。

同盟メンバーと家族の問題は以前から気にかかっていた。

同盟はメンバーに沈黙を求める。自分たちが《妖精》であることをこの世界の人間に知られてはならない。秘密を守ることは絶対だった。

しかし、そのためにこの世界で家庭を持った会員は家族に対しても沈黙を強《し》いられることになっていた。

「あの子の記憶を消すんですね……」

「ああ。残念だが。ソックスのことと、僕らのことも」

「その方がいい。二度と会えないなら忘れた方が……」

そしてまたパットはショーンに嘘を吐かなければならない。

ショーンはラノン追放者二世だ。ショーンが同盟の準会員になれさえすればパットは息子に嘘を吐く必要はなくなる。ショーンの記憶を消す必要もだ。

だが、同盟の準会員資格の条件は「セカンドサイトがあること」なのだ。

「あの子も落ち着いた頃でしょう。ケット・シーを返すように説得してきます。犬でも猫でも買ってやりますよ。それでさみしさが紛《まぎ》れるなら」

パットが執務室から退出するのを待って、ジャックは空中に向かって話しかけた。

「視《み》ているんだろう？　こっちに来てくれないか」

二分後、ノックの音がしてランダルが入ってきた。

「フラナガンは息子を買収しようとしているようですよ」

「ショーンに本当に必要なのはペットではなく父親だよ」

父親の愛を感じられずにいた少年は、ケット・シーに懐《なつ》かれたことがよほど嬉しかったのだろう。ケット・シーが懐いたのも、少年のひたむきさを感じ取ったからなのではないか。

「盟主。ショーン・フラナガンの記憶操作に関する申請書です。サインをお願いします」

ジャックは書類に目を落とした。これにサインをすればショーンはソックスのことを忘れてしまう。

「ランダル。前にもした話だが、準会員資格を緩和《かんわ》できないだろうか」

「前にも申し上げました。準会員が増えることは会員の不満を増加させることにつながります」

「だったら……」

「ショーン・フラナガンを特別扱いすることにも反対です」

「まだ何も言っていないぞ」

「仰るだろうと思いました」

一瞬頭をよぎったのは事実だ。口に出してもいなかったのに、ランダルにはお見通しということか。

「トマシーナは普通の人間だが、同盟に籍《せき》を置いているだろう」

「彼女は顧問《こもん》です。準会員ではない」

それはそうだが……トマシーナを顧問に推《お》したのは自分だ。妖精伝説に詳しい彼女は同盟の運営に人間の視点を導入するために必要な人材だった。それに人間だから妖素は必要ない。

同盟は常に人手不足だ。

準会員は人手不足解消の切り札に成り得るというのに、妖素配分の問題で基準を緩和できずにいる。

ラノン第一世代ではない会員が増えればクリップフォード村の妖素採掘《さいくつ》も進められるかもしれない。そうなれば妖素不足の心配が減り、第一世代の会員たちにもっと妖素を配分できる。

なぜうまく回らないんだ？　何か解決策がある筈だ。

ひどくもどかしかった。答えが目の前にあるのに、視線が素通りしている感じだ。

妖素不足、人手不足、同盟員と家族との問題。

パズルのピースが頭のなかでダンスを踊っている。

それがカチリと音を立ててはまった。

「あっ！」

「どうされましたか？　盟主」

「……解決策を見つけた、気がする」

妖素不足、人手不足、同盟員と家族との問題。

それらを一気に解決できるかもしれない。

「ランダル！　ショーンの記憶消去は却下だ。その代わりに新たな規約を作る。書類作成を手伝ってくれ」

「どういうことです？」

「準会員に必ずしも妖素を支給する必要はないだろう？」

「しかし、準会員に会員の半量の妖素を支給することは灰のルールに定められています。これは容易には変えられません。同盟の根幹に関わることですから」

「だったら、準会員ではない新たな資格を作ればいい。『賛助会員《さんじょかいいん》』とでもしたらどうだろうか」

「『賛助会員』ですか……？」

「そうだ。追放者の家族か血縁者、或《あ》いはそれに準ずる者が対象だ。セカンドサイトの有無《うむ》は問わない」

「しかしセカンドサイトがない者は本部に足を踏み入れることもできませんよ」

「必要な場合はトマシーナに出しているのと同じ『妖精の膏薬《こうやく》』を支給すればいい。それなら同盟員たちの不満も出ないだろう」

『妖精の膏薬』はまぶたに塗ることで不完全なセカンドサイトを実現する薬だ。数種のハーブと四つ葉のクローバーから作られ、妖素は含まれない。

それに、賛助会員が本部に来る必要はあまりないと思う。

大事なのは、同盟メンバーが家族に自身のことを話せるようにするということだ。そして人手不足の解消にも繋がる。

「クリップフォード村には準会員の有資格者がかなりいるが、ほとんど準会員申請していない」

「当然ですよ。彼らは最近まで自分たちが妖精の血族だと知らなかったのですからね。魔法の使い方も知らない」

クリップフォード村の住人はほぼ全員がラノン人の子孫だが、この世界で生まれ育った彼らにとって同盟は先祖の親戚という以上の意味はない。同盟に入った場合に求められる忠誠《ちゅうせい》と義務について説明すると、たいがいは及び腰になる。

「賛助会員制度で彼らを取り込みたい。妖素の支給がない代わりに同盟に対する義務も発生しない」

眉根を寄せて考え込んでいたランダルが口を挟んだ。

「……最低限、守秘義務だけは守って頂かなければ」

「もちろんだ。しかし、クリップフォードは『妖精の里』が観光の目玉だ。彼らが魔法や妖精について何を言っても村の宣伝としか受け止められないよ」

「まあ、それは確かに」

ランダルが条件を出してきたということは賛助会員制度そのものには反対しないということだ。

「すぐに明文化したい。文言《もんごん》を詰めてくれないか」

「了解しました。ショーン・フラナガンが賛助会員第一号というわけですね」

「そういうことだ」

これでパットは息子に嘘を吐く必要がなくなり、ショーンはソックスのことを忘れなくて済む。学校が休みの日には会いに来ることもできるだろう。

「だが、それだけじゃない。クリップフォードの会員が増えれば、例の採掘に手を付けられる。彼らを雇《やと》えばいい。視える者が数人いれば賛助会員にも作業は可能だろう」

妖素の光はセカンドサイトがないと視えないが、監督する者にさえ視えれば指示はできる。セカンドサイトがなくても信用できる者がいれば採掘に手を付けられるのだ。

「……なるほど。一石二鳥というわけですね」

「僕としては一石三鳥にしたい。ちょっとした計画があるんだが、それについて相談に乗って欲しいんだ……」

エピローグ

《葬儀社》の屋上は普段は出入りできないように鍵がかけられている。だが、今夜に限っては開放されていた。

夏至《げし》のこの時期、ロンドンの日没は九時を優《ゆう》に回る。

十時を過ぎてようやく濃さを増した夜空の藍《あい》に幽霊のような白い月が仄《ほの》かに輝き、地上に煌《きら》めく街の灯と互いに喚《よ》びあっているように見える。

人間の姿のラムジーが屋上への階段を登ってきた。

「ジャックさん！　来ましたよ」

「やあ。ラムジー。アグネスはもう来ているよ」

「俺も来てるぞ」

隣で麦酒《エール》の栓《せん》を開けていたレノックスが声をかける。

「呑むか？　チビすけ」

「はい！」

もうちびとは言えないラムジーは元気よく返事をして麦酒のボトルを受け取った。そういえばもうラムジーも酒を飲める年齢なのだ。つい忘れてしまうが。

「ランダルさんは？」

「彼は《眼》で視るからわざわざ屋上に登る必要はないそうだ」

「それはそうですけど……でも、みんなと一緒に視た方が楽しいのに」

「そうだね」

ジャックは小さく微笑んだ。背が伸びてもラムジーのこういうところは変わらない。

そのとき、ぐるぐる回転する黒い穴が空中にぽっかり現れた。黒髪の小柄な女性が穴の中から屋上に足を踏み出す。《風の魔女》シールシャだ。滞在先のアメリカから《低き道》で直帰《ちょっき》してきたらしい。

「レディ・シールシャ。よく来てくれた」

「遅くなって悪かったわ。伝言は読んでたんだけど、どうしても手が放せなくて」

「ケット・シーの件は解決したよ。いま本部の一室を飼育に当てている。翼を傷《いた》めているようなので、できたら《治癒》で治してやって欲しいんだ」

「お安い御用だわ。私はケット・シーは大好きだわ」

レノックスが紙コップに注《つ》いだ麦酒をシールシャに手渡しながら訊いた。

「手が放せない用事って何だったんだ？」

「私はあの人のツアーに付き添っていたの。あの人の初めてのツアーだったのだもの」

「ツアー？　ってなんだ？」

きょとんとした顔のレノックスに横からアグネスが解説した。

「コンサート・ツアーよ。シールシャ、いまミュージシャンと付き合ってるんだ」

「彼、吟遊詩人《ぎんゆうしじん》なのよ。とても才能があるの」

「そ、そうか……」

シールシャは黒曜石《こくようせき》のような瞳を輝かせている。魔術者フィアカラの手の中で不幸な少女時代を過ごした彼女は自由になったいま、思いきり羽を伸ばしているのだろう。

「アグネス、おまえの方はどうなの？　このあいだ話していたモデルの仕事は？」

「ぜんぜん駄目だった。でも別の仕事がうまくいきそう。募集の条件が身長百八十五センチ以上だったから駄目元でオーディション受けてみたらパスしたんだ」

「なんの仕事なの？」

「アメリカのアクション映画のボディ・ダブルよ。主演女優の代わりにスタント・アクションをやる仕事。武術の経験がないけど、武術指導はつくっていうし、やれると思う」

「まあ。おまえもアメリカで仕事するの？」

「ううん、撮影はロンドンの撮影所でなんだって」

「私は残念だわ。おまえもアメリカに来てくれればいいのに」

「うまくいったらそのうち行くかもよ。ハリウッドに！」

「なんだかよく分からないけど、私は応援するわ」

「ありがとう！」

　アグネスとシールシャは紙コップを軽く合わせて乾杯した。

　相変わらずこの二人は仲が良い。シールシャがこの世界に来て最初に出会ったのがアグネスだったのはどちらにとっても幸運だった。シールシャがフィアカラの支配を断ち切れたのはアグネスの影響が大きいのだと思う。

「ジャックさん、そういえば昼間ショーンが来てましたよ。ソックスは本当にショーンに懐いてて、一緒にいるとリラックスできるみたいです」

「この世界に来て最初に心を許した相手だからね」

「はい。だいぶここの環境になれてきて、ぼくにも触らせてくれるようになったんですよ」

　ラムジーは嬉しそうだ。

「あと、ソックスが言葉を喋《しゃべ》ったのでショーンはびっくりしてました。ぼくも喋るなんて知らなかったです」

「ケット・シーはだいたいこの世界の猫より賢いんだよ。喋るかどうかは個体差なんだけどね」

「ソックスの本当の名前はキーフって言うんだそうです。でも、ショーンがくれた名前だからソックスでいいって」

真の名前を教えたというのは相当に心を許しているということだ。ショーンと引き離さずに済んでよかった。

そのときラムジーが小首を傾《かし》げて耳を傾けた。

「……誰か階段を登って来ます。ケリじゃないかな……」

言い終えるか終えないうちに、涼やかな目をした赤毛の青年が屋上に姿を現した。準会員のケリ・モーガンだ。以前はラムジーと一緒にフローリストでバイトをしていた。

「ケリ！　こっちこっち！」

「やあ、ラムジー。久しぶり」

「ホントに久しぶり！　元気にしてた？　あ、麦酒飲む？」

ラムジーはにこにこしながら麦酒の栓を素手でぽんと開けてケリに渡した。

「ありがとう……ラムジー、それ人前ではやらない方がいいよ」

「あっ、そうだね。家でやってるからつい……」

今のラムジーには、人の姿に戻っていても狼のときと同じだけ力があるのだ。どれほどの力なのか、ちょっと見当がつかない。

「ケリ、よく来てくれたね。勉強は大丈夫なのかい」

「こんばんは、ジャックさん。たまには息抜きと思って。ひとつレポートが終わったところだし」

「そうか。楽しんでいって欲しい」

「ところで、何が始まるんですか？　父が面白いことをやるって張り切ってましたけど」

「もう時間だ。視《み》ていれば分かるよ」

藍色の夜空が鮮やかな虹色の光に染まった。

始まったのだ。

ラムジーが感嘆《かんたん》の声をあげる。

「うわあ……！　奇麗ですね……！」

夜空のあちこちに光の蕾《つぼみ》が駆け登り、大きく弾けて色とりどりの花を咲かせる。

音はない。煙もない。魔法だからだ。

この花火は人間の目には見えない。これを視ることができるのは、セカンドサイトを持つ者だけだ。

摩天楼《まてんろう》の遥か上、天空の淡い紫が濃紺《のうこん》に移行する夜空のなかほどに、極彩色《ごくさいしき》の花火がつぎつぎと開いていく。

夜空を明るく染めた光の花は砂糖細工が溶けるようにほろほろと消えていき、続いて黒ベルベットの闇に金の糸で刺繍《ししゅう》を施《ほどこ》すように巨大な文字が描かれ始めた。

故郷を追われし者たちよ

我らもろ手をあげ　諸君らを迎え入れん
ダナ　タルイス・テーグ　プーカ　レッドキャップ
ブラウニー　ホブゴブリン　アンヌーン　ブルーキャップ
ボーギー　ドワーフ　ピクシー　ポーチュン
すべて佳《よ》きラノンの民よ
我ら『ラノン&Ｃｏ葬儀社』にて　諸君らを待つ

「これは、追放者へのメッセージですか！」
「でも葬儀社に来い、ってなんか縁起《えんぎ》が悪くない？」
「他のも出るぞ、視ろよ」

最初に描かれた文字が消え、今度は別の文字が濃紺の夜空に現れる。

ロンドンで困っているラノンのみんな！
『在外ラノン人同盟』にようこそ！
窓口は『ラノンズ・グリーン・フローリスト』
昼間なら『グッドピープル・カフェ』

夜中なら『ベルテンの夜』『十二夜亭』へ来てくれ！

ラノンの仲間たちが待っているから！

ヘアカットなら『ラノン・ラノン』へ！


ケリが小さく叫んだ。

「あー！　父さんの言ってたのはこれか……！　こんなときまで宣伝なんて！　ホントに恥ずかしい……」

「まあ、いいじゃないか。追放者が頼れる場所は多い方がいい。親父さんの店は目立つしな」

レノックスがにやにやしながら言う。

ケリは顔を赤らめたが、それ以上父親への反発は口にしなかった。

再び夜空に光の花が咲き、メッセージが描かれていく。


合言葉は『ノコギリソウ』『ヘンルウダ』だよ！


『葬儀社』や同盟傘下《さんか》の企業の住所と位置を示す地図が赤や緑や金色に輝く光でつぎつぎに夜空に浮かび上がる。

ラノン人への光のメッセージは形を変えながら何度も描かれては消え、消えてはまた描かれた。

「これ、みんな同盟の人たちがやってるんですか?」

「そうだよ。見つかっていない追放者に僕らの存在を知らせるためにロンドンのどこからでも視えるメッセージを夜空に描くことにしたんだ」

同じロンドンの空の下、どこかに追放者はいる。

このメッセージを視てロンドンに仲間がいることを知れば自分から名乗り出てくれるのではないか。

「まったく考えたもんだな。同盟でヒマこいてる連中に追放者探しをさせるとは」

「これをやる意味は追放者探しだけじゃないよ。おまえが言っていただろう。カウラグとジミイはケット・シー捜索を手伝ってうまいことをしたと思われていると」

「ガス抜きの話か」

「そうだ。魔法の腕に覚えがある者を募集、報酬《ほうしゅう》は使用分の妖素《ようそ》。それで仕事に就《つ》いてないメンバーの八割近くが応募してきたよ」

「なるほどなあ……」

たとえ仕事でも魔法を遣うのは会員たちのストレス解消になるということを教えてくれたのはレノックスだ。そして花火のアイディアを出したのはランダルだった。派手に遊んだ気分になるし、互いに競《きそ》い合うでしょうから、と。

「何かあったときのことを考えると妖素の基本配給量は増やせない。だが、たまに臨時配布することならできると思うんだ。例の計画も進められそうだしね」

「そうだな……」

レノックスはクリップフォードの妖素の件を知っている数少ない一人だ。

彼は夜空を染める光の文字を見上げ、麦酒を呑み干した。

「これで追放者が名乗り出てくれれば万万歳だな」

◆◆◆

ジャックは駐輪スペースに自転車を停め、裏口から『葬儀社』のエントランスに足を踏み入れた。百合《ゆり》の香りに満たされたエントランス・ホールから同盟本部側に抜けると、アンヌーン族のチーフ、アーロンがやってくるのが見えた。

「ウィンタース盟主。おはやいですね」

「今日は天気が良かったからね」

「ところで盟主、昨晩のあれは最高でしたね！」

いつもおっとりしているアーロンが珍しく早口だった。

「お陰様で、久々に気分が晴れ晴れとしましたよ。前半のデザイン監修はわたしがやらせて貰《もら》ったのですよ」

「そうだったのか。素晴らしい花火だったよ」

「ほんとうに。美しかったですねえ。何にしても華やかなことは好きなのですよ。花火、パーティ……」

「パーティ？　アーロン、きみはパーティが好きなのかい？」

「ええ、もちろんですよ。嫌いな人がいます？」

きょとんとした顔だ。パーティが苦手な人種がいるということは想像のうちに無いらしい。

「アーロン、ちょっと相談なんだが。僕の名代《みょうだい》で来月の英国優良葬儀社賞《グッド・フュネラル・アワード》の授賞パーティに出てくれないか？」

「パーティですか？」

「そうだ。うちは創作棺桶《かんおけ》部門の優勝候補だそうだ。もしも優勝したときは優勝杯と副賞の賞品を受け取ってきてほしい」

「優勝杯！　なんと晴れがましい……ぜひやらせて頂きます」

アーロンは浮き浮きした足取りで葬儀社側へ抜けていった。

アーロンは見た目も華やかだし、会話も上手い。自分が行くよりよほどいい。適材適所だ。

執務室のデスクに着くとすぐランダルがやってきた。

「盟主。提案書をお持ちしました」

「ありがとう。何の企画だ？」

「グループ企業全体の収支改善に関するご提案です」

「説明してくれないか」

「我が社の収支を圧迫しているのが会員の住居費だということは既にご説明しました」

「構造的な問題だな」

同盟は会員に対し住居を提供することになっている。それは譲れない部分だ。

「会員の住居費は毎年こちらが支払う一方です。昨今の不動産価格の高騰《こうとう》で出費は大幅に増大しました。この赤字を圧縮《あっしゅく》するにはどうしたらよいか」

ランダルは提案書をめくって図表のあるページを出した。

「我が社も不動産部門を設立したらどうでしょうか。人間たちだけに不動産の利益を独占させることはありません。初期投資《しょきとうし》で赤が出ますが、法人税対策につながります」

「どうだろう。素人《しろうと》がいきなり不動産業に参入してうまくいくとは思えないんだが」

「実は、新しく登録した『賛助会員』の中に不動産のプロがいるのですよ。現在はシティの不動産会社に勤務していますが、条件次第でヘッドハンティングできるでしょう」

「ああ……それなら実現可能かもしれないな」

「では、具体化に向けて引き続き検討させて頂きます」

「頼むよ」

こういうとき、ランダルは頼りになる。伊達《だて》に四半世紀もこのロンドンで葬儀社とグループ企業を運営してきたわけではない。ランダルがいてくれてよかったと思う。

ランダルが出て行くのと入れ替わりにレノックスが飛び込んできた。

「ジャック！　追放者がみつかったぞ！　昨夜のあれを見て連絡してきた。三人もだ」

「そうか！　それはよかった」

「ああ。うち一人は『ラノン・ラノン』にだ。ホームレスがいきなり入ってきて『ノコギリソウ』ってな」

「ケリの父上の手柄だね」

「ああ。ケリは相変わらず親父さんには素直になれないみたいだが」

ケリは潔癖な性格だからなかなか難しいだろう。だが、以前と比べるとだいぶ軟化《なんか》している。ケリも大人になったのだ。

「身元を偽造しないといけないいな。妖素使用許可申請を出しておいてくれないか」

「ほう……」

レノックスが眉を上げて小さく呟いた。なんだか意味ありげだ。

「なんだ？　レノックス」

「いや……よくあんたの口から身元偽造なんて言葉がすんなり出るようになったもんだと思ってな。以前だったら眉間《みけん》にしわが寄ってただろう」

「僕だって努力してるんだ。正しいことだけして生きていけないことくらい解っているさ」

「ああ、確かにそうだが……」

「まだ何かあるのか？」

「まあ……その、なんというかな……」

珍しく口ごもっている。いつものこの男らしくない歯切れの悪さだ。

「なんだ？　言えよ」

「……あんまり無理すんな」

横を向いてぼそっと言う。

「僕は、別に無理しているわけじゃ……」

レノックスは突然真顔になった。

「いや、してるぞ！　ぜんぜん、あんたらしくない！　同盟の連中にあんたがなんて言われてるか知ってるか？　ランダル以上の石頭の青臭い唐変木《とうへんぼく》だ」

「ああ、当たってるな」

「もう一つあるぞ。俺の考えでは、連中はその青臭い唐変木が大好きなんだ」

「そうか？　特に好かれてはいないと思うが……」

前任者のランダルは同盟内のいざこざの責任を取る形で辞任したから、それまで加盟していなかった自分が適任だったのは解るのだが。

「あんたは好かれてるんだよ。ケット・シーを追っかけてたあの三人組、あんたが頼んだらあっさり言うことをきいただろう。そういうことだ。日頃何を言ってても、連中はあんたを目の前にしたらコロッと転んじまうんだ」

そういえば随分と簡単に引き下がったとは思ったが、それはケット・シーが列車に轢《ひ》かれそうになったからだと思っていた。

「あの三人はケット・シーを殺して妖素を取ることについて具体的な想像をしてなかったからじゃないのか」

「いいや。俺が頼んだんじゃああ素直には聞かなかったさ。あんたが直接頼んだからだ」

「そうかもしれないが……でも、なぜだ？　ダナ王家の出だからか？」

「それも少しはあるだろう。だが、それだけじゃねえ。連中があんたを好きなのは、あんたがあんただからだ！　あんたみたいな青臭い唐変木は、他にはいねえよ。だからあんたはあんたらしくいてくれ。少なくとも俺は、無理してるあんたなんか見たくねえ。そういうのは俺たちがやればいい。そのために俺やランダルがいるんだ」

「レノックス……」

何年か前、仕事中毒じゃないと言い張るレノックスに、誰しも自分からは逃げられないんだと言ったことがある。

それなのに、自分で自分から逃げようとしていたのだ。

「あんたがまた実現不可の青臭いことを口走ったら、俺が全力で止めてやる」

思わず微笑が漏れた。この男はいつだって全力だ。

「そうだな……そのときは頼むよ」

「ああ。そうさせてもらうぜ」

一人でなんでもやろうとするな、というのは盟主に就任《しゅうにん》したときにも言われたのに、つい忘れてしまう。

これから先、《同盟》を率《ひき》いていけばさまざまな困難に見舞われるだろう。だが、何があっても乗り越えていける気がした。

自分は、もう一人ではないのだ。

誰がための祈り

0　ランダルの休日

墓地に厚く散り積もった枯れ葉は靴の下でぱりぱりと乾いた音をたてた。

ひと足ごとに黴《かび》と土と緑の匂いがふわりと立ち昇ってくる。

ランダル・エルガーが毎年ロンドン南西部のこの荒れた墓地を訪れるのは、ひとつにはこの墓地が訪れる人もなく見捨てられた状態になっていること、もうひとつはここが《葬儀社》の契約墓地ではないという理由からだった。ここで《同盟》のメンバーに出くわす可能性はほぼない。

もっとも、いつものスーツ姿ではないので知っている誰かに見られたとしても気付かれる心配は少ないだろう。いま身に着けている衣服は貧困支援団体が配っていた古着で、三十年以上前にこの世界に来たとき最初に手に入れたものだ。ひとつに纏《まと》めた金髪は薄汚れた野球帽の中につっこまれている。知らない人間が見たら浮浪者だと思うに違いない。

ただ、手の中の花束だけがその印象を裏切っていた。

金色の薄紙で包まれた一抱えもある花束は《同盟》のフローリストではなく、駅のスタンドで買った。買う場所はそのつど変えている。可能性は低いが、毎年同じ日に豪華な花束を買う浮浪者の存在が店員の印象に残らないとも限らないからだ。

記憶を頼りに墓地の径《みち》を歩く。

あの墓はどこだったか。確かこのあたりなのだが。

風に梢《こずえ》が揺れ、木漏れ日がちらちらと斑《まだら》模様をつくった。

去年も一昨年《おととし》もここに来たのだが、野放図に生長する植物たちは一年ですっかり景色を変えてしまう。

かつては人の手で植えられたのであろうトネリコやイチイは巨木となって墓石を押し倒し、或《ある》いは幹の内側に抱きこんで石と合体した奇怪なモニュメントを形作っていた。頭を無くした天使はそれでもなお重い翼を広げ、苔《こけ》むした石の台座を素足で踏みしめている。

蔓草《つるくさ》がクリスマス飾りのように数珠繋《じゅずつな》ぎにした墓碑《ぼひ》の列の先にようやくあの花崗岩《かこうがん》の墓石が見えてきた。

緑がかった墓石に刻まれた文字を指で辿《たど》る。

わたしたちの美しい息子
あなたはわたしたちの喜びでした
あなたはいつもわたしたちの心の中にあります

一九四三　～　一九六四　享年《きょうねん》二十一

これだ……。
彼と同じ享年二十一。
早世した美しい若者を悼《いた》む墓碑銘《エピタフ》。
彼のための花を手向《たむ》けるのに相応しい。
ランダルは蔦《つた》の葉を毟《むし》り取って墓石の表面を奇麗にし、花束を供《そな》えた。
一歩下がって木々の彼方《かなた》に広がる青い空を見上げる。
これでいい。
ロンドンとラノンの空は《地獄穴》で繋がっているのだから。
見えているか？　ルーイー……。

1　追放者たち

ジャック・ウィンタースは片手で談話室の扉をそっと推《お》した。

一日で普段より多くの《妖精》たちが集まっているのが分かる。

ずんぐりしたドワーフやホブゴブリン、小さなプーカ、背の高いアンヌーン、狐の毛を持つグーナ、赤い帽子のレッドキャップ、黒い髪のダナ、金髪のタルイス・テーグ。その他にもさまざまな種族が一堂に会している。

ここ《在外ラノン人同盟》はロンドンで暮らすラノン人のための互助組織として半世紀ほど前に設立された。

本部内にあるこの談話室は会員同士の交流用で、同盟メンバーなら誰でも使うことができる。テレビやボードゲームもあり、会員の溜まり場になっていた。だが、今日はゲームもテレビも人気がなかった。

談話室の長テーブルの真ん中の席には先日の花火イベントのお陰で発見された新入りの追放者三人が畏《かしこ》まって座っている。そして古参のメンバーたちはテーブルの周りに車座になって三人を質問攻めにしていた。

「あっちはどんな様子だ？」

「機織《はたお》り通りの『鷲《わし》の巣』って店はどうなってる？」

「『四姉妹』亭の看板娘はまだ独身か？」

ラノンから永遠に追放されたメンバーたちにとって、新しくこの世界にやってきた新人の話が故郷の現在を知る唯一の手段なのだ。

みな興奮気味だ。ここ一年ほど追放者の発見がなく、新入会員がいなかったから会員たちは故郷の話に飢えている。

しばらくそのまま戸口に立ち止まって同胞たちの様子を眺めていると、談話室の奥のソファで丸くなっていた黒い毛玉が頭をもたげた。

「ナアアア……ン！」

黒い毛玉はまっしぐらに宙を飛んできてジャックの上着にしがみついた。

思わず頬が緩《ゆる》んだ。

「やあ。ソックス。元気かい？」

オレンジ色をした二つの眼が見上げる。

つやつやした小さな黒い翼を持つふわふわの妖精猫《ケット・シー》は腕の中で喉を鳴らした。傷《いた》めていた翼も魔女シールシャの《治癒》のお陰でよくなっているようだ。

ソックスはンンン、と喉を整えてから慎重に言葉を発した。

「ンン……ショーン……クル？　イツ？」

「ショーンはまだ小学生だから毎日学校に行かないといけないんだよ。でも土曜日には来るはずだ。あと二日だよ」

「アト、フツカ……」

ソックスは人語を解すが、話す方はあまり得意ではない。大好きなショーンが来ると聞いたソックスはそれで満足したのか再び喉を鳴らし始めた。

「ウィンタース盟主《めいしゅ》！」

誰かが気付いて声をあげ、皆が一斉に振り向いた。

「盟主！」

「盟主、そんなところに立ってないで、どうぞこちらへ」

「ああ、ありがとう」

新入り三人が慌てて立ち上がろうとする。

「いや、そのままでいいよ」

「えっ、でも……その……盟主……」

ジャックはソックスを抱いたままさっさとテーブルの端の席に座った。

三人はまだどっちつかずの中腰のままもじもじしている。

「頼むよ。座ってくれないか。覗くたびに皆が立ち上がっていたら僕が談話室に来づらいんだ」

新入会員は落ち着かない様子で腰を下ろした。

無理もない。自分は《同盟》の盟主というだけでなく、ダナ王族の徴《しるし》である《霜の瞳《フロスティ・ブルー・アイ》》の保持者ときている。自分が居たら皆がくつろげないのは解《わか》っていた。

それでも折りに触れてここに顔を出すのは、執務室に引きこもっていたら余計に垣根ができてしまうと思ったからだ。

《霜の瞳》も何度も見ていればそのうちに見慣れるかもしれない。レノックスはメンバーたちの多くはジャックを新盟主として好意的に受け入れていると言うが、希望的観測に甘えていては駄目だ。前任者のランダルは長年《同盟》に尽くしてきたにも拘《かか》わらず、メンバーから一度罷免《ひめん》されている。

「僕にも紅茶を貰えないか」

カップとティーバッグの紅茶が手から手へ素早く回されてくる。ティーバッグの封を切って電気ポットから熱い湯を注ぐ。三人の新人は固唾《かたず》を呑んでその様子を注視していた。もしかしたら電気ポットを見たことがないのかもしれない。

「こちらの生活には慣れたかい？」

「その……難しいです……」

「僕も来た頃はだいぶ苦労したよ。だが慣れてしまえばなんということはない」

一番慣れなければならないのは魔法のない世界での暮らし方だ。この世界で魔法の代わりに発達した科学技術は初めは恐ろしいものに思えるが、それなりに便利なものなのだ。

「人間の作った道具を使えるようになれば魔法無しでも不便は感じなくなる。ここでの暮らしに馴染めるように教育プログラムも用意してるから」

「は……はい」

「この世界に慣れたら仕事を紹介するよ」

新入会員はそれぞれダナ、アンヌーン、タルイス・テーグだった。一見して判る異形《いぎょう》を持たない種族だから、仕事も斡旋《あっせん》しやすいだろう。

「あ……あの……聞いてもいいですか」

新入会員の一人が小さくおずおずと手を上げた。ジャックと同じダナ人だ。

「何だい？」

「その……盟主はいつもこうやって談話室で皆と茶をされるんですか……？」

「いや。たまにだよ。僕はそんなにしょっちゅう仕事をさぼっているわけじゃない」

談話室常連のホブゴブリンが物知り顔に言う。

「ウィンタース盟主になってからだ。ランダルのときは来なかった」

「そういや、ここでランダルを見たことはねえな」

「彼は僕より忙しかったからね」

紅茶に砂糖を二ついれてかき回していると、ポケットの中で小鳥の囀《さえず》りのような呼び出し音が鳴った。

「僕だ。用か？」

電話してきたのはレノックスだった。いま執務室にいるが、何か必要な書類が見つからないという。

「すまないが、僕はもう失礼しなければならないようだ。皆は楽しんでいって欲しい」

「盟主、猫《ケット》を」

「ああ、頼むよ」

ソックスがロンドンに落ちてきたとき捕まえようと追いかけていたレッドキャップ族だ。抱き上げて移動させられたソックスは不満げな声をあげてレッドキャップを蹴飛《けと》ばし、腕からテーブルにぽんと飛び移った。

レッドキャップは情けない声をだした。

「そんなに嫌わんでくれよう……」

ナアアア……。

妖精猫が低く啼《な》いてぷいと横を向く。

どうやらあのときの遺恨を忘れてはいないらしい。

◆◆◆

執務室に戻ると、書類棚の前で赤毛の大男が途方に暮れていた。

「ジャック、ランダルから聞いてないか?」

「何の書類だ?」

「賛助《さんじょ》会員の申し込み用紙が足りねえんだ。クリップフォードから纏《まと》めて送って欲しいって依頼があったんだが……」

妖素の配給を伴《ともな》わない《賛助会員》の申し込みが伸びているのは知っていた。入会希望者の多くは妖精の視力《セカンドサイト》を持つ半妖精だが、それ以外に同盟員家族の人間も何人か入会することが決まっている。

「聞いてないな。申し込み関係はランダルが全部やっていたんだ」

こちらに回ってくるときには用紙は既に記入済みになっており、自分はそれにサインするだけだ。

「たぶん、右から二番目の棚じゃないかと思うが……」

二人で十分ほど探した結果、他の用紙の間に挟まっているのが見つかった。

「いや、助かった！　こんなことで呼び立ててすまん」

「僕がちゃんと把握しているべきだったよ」

「全部ひとりでやろうとするなと言っただろうが。まあ、今日はランダルが年に一度の休みをとる日だったからな」

そういえばジャックが盟主に就任してから毎年ランダルはこの日は休んでいた。言い換えれば、他のときに休んでいるのを見たことがない。

「前から気になっていたんだが、ランダルは毎年今日以外は休んでいないんじゃないか？」

「ああ。俺の知ってる限りそうだ。本部に住んでるような状態だったな」

今はジャックが使っている執務室の続き部屋に毎晩のように泊まり、自宅フラットにはたまにしか帰っていなかったのだという。盟主の座にあった二十四年間、彼はほとんどの時間を同盟本部で過ごしてきたのだ。

盟主を退《しりぞ》いた今もそれはあまり変わっていない。徒歩数分のフラットに寝に戻るようになっただけだ。

「盟主と社長を兼任していたときは仕方がなかったかも知れないが、今の肩書きは葬儀社会長だけだ。彼も普通に休めるようにした方がいい」

「そういやそうだ。俺が入る前からそうだったから、そういうもんだと思っちまってた」

ジャックについては、ランダルが作っているスケジュールで定期的に休日が入るようになっている。彼はジャックに向かってバカンスもおとり下さい、とにこやかに言ったのだ。地球の裏側まで行っても構いませんよ、用事がある場合は《低き道》でお迎えにあがりますから、と。《低き道》のお陰で地上のどこにいても仕事から逃げられないというわけだが、ランダル自身はそもそもバカンスをとったことなどないだろう。

そのランダルが毎年決まって同じ日に一日だけ休みをとる。行き先も連絡先も告げていかない。この日だけは仕事をシャットアウトした完全なオフだ。

彼にとってよほど大切な日に違いない。

「レノックス、おまえは何か聞いたことはないか？　彼の……」

そのときデスクの上の電話が鳴った。《葬儀社》の内線からだ。

「僕だ。えっ？　受付に来ているのか？　いや、僕の方が行くからそこで少し待ってもらって欲しい」

急いで受話器を置く。

「どうしたんだ、ジャック」

「いま、葬儀社の受付に追放者がひとり来ているそうだ」

この間の《惑わし》の花火イベントを仕掛けた時にこういうことが起きるのは予想していたし、期待もしていた。そのためのイベントだったのだ。

「浮かない顔だな。めでたいことじゃないか」

「ああ。だが、なぜ今になって来たんだろうか」

花火イベントから三ヵ月以上経っている。

レノックスがにやりと笑った。

「それをこれから聞きに行くんだろう？　俺も行くぜ」

エントランス・ホールには甘い百合の香りに混じって霧のようにうっすらと白い煙草の煙が漂っていた。アンヌーン族の受付係が顔をあげて救いを求めるような視線を送ってくる。

デスクの前には革ジャケット姿の男が佇《たたず》んでいた。紫煙の発生源はその男らしい。

レノックスが後ろから声を掛けた。

「おい！　ノコギリソウ！」

男はゆっくりと振り向き、下唇に煙草を張り付かせたままふーっ、と白い煙を吹きだした。開襟《かいきん》シャツと革ジャケットというラフないでたちで、一見すると映画か音楽業界の人間のように見える。

「……ヘンルウダ、て言やいいのか」

「正解だ。夏至《げし》の夜の《惑わし》の花火を視《み》たんだな」

「ああ」

ノコギリソウとヘンルウダ——同盟の合言葉だ。

夏至の宵《よい》、その言葉を《惑わし》の花火でロンドンの夜空に描いたのである。あれが視えたということは、この男はラノンから来たということだ。恐らくダナ人ではないかと思った。

ジャックは素早く男を観察した。

ハンサムな男だった。

彫刻刀で彫りこんだような深い眼窩《がんか》と細い鼻梁《びりょう》が作る影が男の容貌《ようぼう》に独特の魅力を加えている。その眼窩の奥で光る双眸《そうぼう》は黒水晶《モリオン》の鋭さだ。第一印象でダナ人だと思ったのは無造作に肩に散らした長髪が黒に近い色だからだろう。

しかし、容姿の割に雰囲気は派手な感じではなく、総体的には落ち着いた渋みのある印象に

なっていた。

「よく来てくれた。僕はジャック・ウィンタースという。《在外ラノン人同盟》盟主をしている」

男は眩《まぶ》しいものでも見るように眼をすがめてまじまじとジャックを眺めた。

「……たまげたな。ここで《霜の瞳》にお目にかかるとは」

「僕の眼のことは気にしないで欲しい。ここはラノンじゃないからね。この眼に意味はないんだ」

「別に、どうってことねえさ」

そう言って煙草を深く吸いつけた男は、それでもジャックから——ジャックの眼から——視線を逸《そ》らせずにいた。

「いつこの世界に？」

「墜《お》ちてから二度夏を越した」

「二年か。僕と良い勝負だな。じゃあ、この世界に妖素《ようそ》がないことは？」

「知ってる。クソッたれな世界だ」

個人差があるが、だいたいこの世界に来て二年を過ぎると次第に体内の妖素が尽きてくる。血中の妖素を使う《血の術》が遣えなくなるのだ。

このタイミングで現れたのはそういうことか。

「それで、加盟と考えていいのかな」

「まだ決めていない」

「なんでだ？」

と、レノックスが口を挟んだ。

「来たんだからさっさと入ればいいだろう」

「いや。まだだ。あの花火があとから墜ちてきた者を殺して妖素を採《と》るための罠じゃないとどうして言える？　そいつがはっきりするまではご免だ」

「それはこちらも同じだよ。この組織はそういうことを無くすために作られたんだ」

「どうやってだ？　この世界じゃ、みな妖素が欲しいはずだ」

「《灰のルール》によってだ。誰であれ同盟員を殺した者には同盟の名のもとに制裁が下《くだ》される。仲間を殺した者は正当性が認められなければ死を賜《たまわ》ることになるんだ」

「加盟していなくてもか？」

「そうだ。加害者と被害者、どちらか一方でも同盟員ならね。だから君が加盟しない場合でもルールが適用されることは忘れないで欲しい」

「殺したら殺されるってわけか」

「簡単に言えばそうだ。仲間同士の殺し合いに対する抑止《よくし》力《りょく》としてはうまく機能しているよ。基本的には《同盟》はこの世界に住むラノン人のための互助組織だ。この世界に馴染むための教育プログラムも用意しているが、君には必要なさそうだな。仕事は？」

「半端《はんぱ》仕事だ。いろいろな」

なんとなく想像はついた。ジャック自身も加盟する前は自転車便の仕事で生計を立てていた。

「《同盟》では仕事も斡旋できる。同盟傘下《さんか》の企業で働いてもいいし、他所《よそ》で働いてもいい。住む場所も保証するよ」

「至れり尽くせりだな。そっちの得るものはなんだ」

「ここは互助組織だと言っただろう。こちらが得るものは信頼と忠誠だ。ここではラノンから来た者は種族に関わりなくみな等しくラノン人だ。助けあっていかなければならない。死んだときには《同盟》に骨を遺《のこ》すことが求められる」

「その骨はどうする」

「《同盟》が管理して会員に分配する。それが《灰のルール》の根幹《こんかん》だ」

男の眉がぴくりと吊り上がった。

「なるほどな。考えたものだ、葬儀社とは！」

「そういうことだ。妖素の管理と分配は同盟の最重要事項だ。でも、会員にとってはもっと大切なことがある」

「なんだ？」

「ここでは故郷の話ができるということだよ」

「ふん……」

男は神経質なふうにせわしなく煙草をふかし、ちりちりと短くなった煙草を葬儀社の灰皿でもみ消した。

「……いいだろう。加盟させてもらおうか。俺はリアム・ドナヒュー。ダナ人だ」

「よろしく、リアム。改めて紹介しよう。僕はジャック・ウィンタース。彼はレノックス・ファークハー。《その他少数種族》チーフで種族はブルーマンだ。分からないことがあったら何でも彼に聞くといい」

「おう。レノックスだ。よろしくな」

レノックスが右手を差し出したが、リアムは小さく会釈《えしゃく》しただけで彼の手を握ろうとはしなかった。まだジャックから目を離せずにいる。

「あんた、ダナ王族だろう。なんでこの世界に来たんだ」

「もう王族じゃないよ。こちらに来る以前に廃嫡《はいちゃく》されているからね」

「ダナ王は、こっちの世界を支配させるためにあんたをここに送ったのか?」

ちょっと驚いた。そんな考え方があったとは。

「そういうわけじゃない。僕も《地獄穴》の刑を賜った追放者に過ぎないんだ」

「だったらどうしてその若さで盟主なんだ?」

「前任者の指名だよ」

「前任者はどうした。死んだのか」

「いや。葬儀社の会長職に退いただけだ。その後は僕の補佐をしてくれているよ」

単純に補佐をしているというだけではない。ランダルは同盟の全てを把握している。彼がいなかったら若輩《じゃくはい》の自分が盟主を務めることなど到底《とうてい》無理だっただろう。

「あいにく今日は彼が休みなんだ。だから加盟しても妖素の支給は明日まで待ってもらうことになる」

「あんたが盟主なのにか？」

「貴重なものだから加盟時の支給は二人体制でチェックしているんだよ」

「なんだ。妖素が出ないんだったら今日の加盟はやめだ。明日同じ時間にまた来る」

リアムはくるりと踵《きびす》を返して出て行こうとした。

「待て。せっかくだから本部を見学していかないか？」

「本部ってのはどこにあるんだ」

「この奥から直接行ける。かなり強い《惑わし》がかかっているから壁の前で瞬《まばた》きして」

ジャックは白壁が続く葬儀社の廊下を先に立って歩きながら付け加えた。

「ひとつ注意しておく。本部は全面禁煙だ」

◆◆◆

ドアを敲《たた》く音にジャックは書類から顔を上げた。

「開いているよ。入って」

すきま風が吹き込むように音もなくランダル・エルガーが執務室に入ってくる。

「おはようございます、盟主。昨日は私がいない間に問題があったようで申し訳ありませんでした」

「問題というほどのことじゃないよ。そもそも用紙類について僕が確認していなかったのがいけなかったんだ」

「いえ、そういった瑣末《さまつ》なことは私の管轄ですので」

彼は常にそう言うのだ。

そして全面的にジャックを補佐している。というより、未《いま》だ実務のほとんどをランダルが行っているようなものだ。

「ランダル。問題は貴君《きくん》が年間一日しか休みをとらないということだよ。雇用法違反じゃないか」

「私は経営側ですから雇用法は適用されませんよ。それに手が空《あ》いたときは休んでいますので」

「いつ休んでいるんだ？　勤務表によると去年は三百五十日出勤している。出張が十四日」

「本部で、ということです」

思わず溜め息が漏れる。それは休んでいるとは言わないのではないか。

「以前は貴君一人で盟主と社長の仕事のすべてを担《にな》っていた。でも、今は僕だってかなり仕事ができるようになっているんだよ。僕に任せて貴君も少しは休んで欲しい」

自分はランダルに頼りすぎていると思う。

同盟の運営も葬儀社の仕事も最終的な判断を下すのはジャックだ。しかし、そこに至るまでのこまごました実務はほぼランダルが片づけている。

自分はいわば補助輪つきの自転車みたいなものだ。しかし、もうそろそろ補助輪を外しても良い頃なのではないか。

「いつも貴君に助けて貰っていては、僕はいつまでも一人前になれないよ」

「盟主。そんなことを言われるのは私が年を取ったからですか?」

「いや、そうは言っていない」

「私は年寄りですよ。他に行く場所もありません」

それなのだ。彼に同盟と葬儀社以外の生活が全くないということが問題なのだ。

だが、そう言われてしまうとこれ以上は追及しづらかった。

盟主の座にあった二十四年のあいだ同盟が彼のすべてだったのは想像に難《かた》くない。

仕事中毒はランダルだけではない。二度と還《かえ》れない故郷を忘れるためにのめりこむのは仕事か、あるいは酒だ。仕事の方が酒よりはましだが、限度がある。

「分かった。この話はまた今度にしよう。昨日、加盟希望の追放者が葬儀社の方に来たんだが」

「アンヌーンから聞きましたよ。既にこの世界の悪習に染まっているそうですね」

「ここでは禁煙するよう言っておいたよ。こちらに来て二年になるそうだ。この街のことは解《わか》っているから教育プログラムは必要ない。住居も仕事も当面はいまのままでいいそうだ」

「おや。誰かを思いだしましたよ」

もちろんジャックのことだ。

加盟を断り続けたうえ、盟主就任後もそれまで不法占拠《せんきょ》していたビルに住んでいる。尤《もっと》も、そのビル自体を葬儀社で買い取って同盟の寮にしてしまったのだが。

「僕は煙草はやらなかったけどね」

人付き合いが悪そうなところも似ているかもしれない。まあ、その件に関しては自分は努力しているつもりだ。

「六月に惑わしの花火を視て今まで名乗り出なかったのは、あれが罠かもしれないと疑っていたかららしい。僕らが追放者から妖素を採《と》っているのではないかと考えたんだ」

「この世界に妖素がないことに気付いていたなら疑って当然でしょう」

だが、今まで来た追放者の中でそういう考え方をする者はいなかった。ほとんどの追放者はこの世界を理解できず、異世界の迷子状態になっているから仲間に会えただけで舞い上がってしまう。加盟についても深く考えないのではないか。

リアムはこの世界の暮らしに順応《じゅんのう》したうえでさまざまな可能性を検討し、自身の判断で加盟を決めている。今までにないタイプなのではないかと思う。

「その追放者はなぜ今になって我々を信用することにしたのでしょうね」

「それも聞いたよ。しばらく葬儀社や『十二夜亭』を見張っていて、中に入っていった妖精がみな生きたまま出てくるのを確認したからだそうだ」

「我々は監視されていたということですか」

「そうらしい。こちらが監視に気付かなかったことは今後の課題にすべきだと思う」

「なかなか手強《てごわ》い相手のようですね」

「ああ。だがもう加盟に同意している。今日の午後サインしに来る筈だ。《妖素》拠出《きょしゅつ》の手続きをしてくれないか」

「すぐ準備しましょう。名前は?」

「リアム・ドナヒュー。種族はダナ人」

書類棚に手を伸ばしかけたランダルの動きがゆっくり止まった。

「……そのドナヒューは何歳くらいですか?」

「三十過ぎくらいじゃないかと思う。何故だ?」

「いえ、特には。もう少し若いかと」

「ああ、確かに追放者にしては歳がいっているね」

《地獄穴の刑》を賜る者は若者が多い。若さゆえの過《あやま》ちは情状酌量の判断材料になるし、更生の可能性も大きいからだ。

「三十代での追放は遅いですね……」

そう呟いたランダルは凍った水が溶けて流れるように再び滑《なめ》らかに動きだし、手際よく書類を整えた。

「盟主。こちらにサインをお願いします」

ジャックは妖素拠出許可書にサインした。

《同盟》の内規で盟主であっても手続きなしに勝手に妖素を使うことはできないようになっている。この仕組みを作ったのは初代盟主で、それを引き継いで完成させたのが二代目のランダルだという。自分は三代目ということになる。

「ウィンタース盟主。盟主の座に就《つ》かれて何年になりますか」

「五年近いかな。発表が新年会でだったからね」

発表というより、新年会自体がジャックに盟主を引き受けさせるための罠だったと言った方がいいのではないかと思う。

ランダルはジャックに逃げられないようあの新年会をお膳立《ぜんだ》てし、全員の前で盟主交代を発表したのだ。

あれを断るのは不可能だった。

しかし結果的には引き受けたことを後悔してはいない。魔術者フィアカラの手からラノンを守ったあと、自分がすべきことはこの世界にいる仲間たちを守ること以外になかった。

「そうでした。はやいものですね」

仮面を思わせるランダルの面貌《めんぼう》が微かに緩んだ。口元に小さな笑みが浮かぶ。

「仰《おっしゃ》る通り、そろそろ独り立ちされてもいい頃合いかもしれませんね」

◆◆◆

レノックスはアタッシェケースを手に本部の廊下を大股《おおまた》に歩きながらスマートフォンを耳に押し当てた。

「ああ、俺だ。そいつは奥へ通してくれ。《惑わし》の壁まで迎えに行く」

リアム・ドナヒューだ。律義にも約束の時間きっかりに来たらしい。

壁の手前で待っていると、《惑わし》を突き抜けて同盟側の廊下にリアムが現れた。

「おう。よく来たな」

「あんたなのか」

「俺で我慢してくれ。盟主は多忙なんでな。こっちだ」

応接室の入り口の札をひっくり返して『使用中』にした。

新入会員にガイダンスをするときは同盟の応接室を使うことにしている。上等なソファがあってリラックスできるし、邪魔が入らないからだ。

「座ってくれ。ちょっと説明がある。《同盟》のシステムは昨日説明した通りだから、あとはこまごましたことなんだが……」

リアムは無言でソファに腰を下ろした。

どうもやりにくい。

いつもなら新入会員は小さくかしこまっているか、降って湧いた希望に舞い上がっているか、あるいはその両方だ。

だが、リアムはどちらでもなかった。

足を高く組み、骨張った両手の指を胸の前で軽く合わせて気怠《けだる》げにリズムを取っている。話を聞く気がないのかといえばそうでもない。窪《くぼ》んだ眼窩《がんか》の奥の黒い眼は瞬《まばた》きもせずこちらに向けられているのだ。

「《同盟》で経営するパブやカフェで使える食事クーポンを出してるから毎月初めに受け取ってくれ。だが『ベルテンの夜』ではクーポンは使えない。あそこは一番の採算部門だ。人間たちにたっぷり散財《さんざい》させなきゃならないからな。それとだ……」

パンフレットを広げて説明しながら差し向かいに座ったリアムの様子をちらちらと観察した。

こいつはどういう男なんだろうな。

《地獄穴》に送られるくらいだからきれいな身の上じゃないのは分かっている。だがそれはみな同じだ。

自分だって若い頃は荒れていたし、いっぱしのワルを気取っていた。あの頃のことを思いだすとこっぱずかしくて穴に入りたくなる。当時のことを知っている奴がこっちにいなくてよかった。

そういえば、歳は同じくらいだ。同年代と言っていい。レノックス自身は十代でこちらに来てしまったが、もしあのままラノンで暮らしていたらどこかで会っていたかもしれない。

「おい。続きは」

「あ。すまん。ちょっと考え事をしていた」

気付いたらリアムについてあれこれ考えていて説明の方がお留守になっていた。

「ええっとな、スマートフォンを支給する。連絡用だ」

「携帯は持っている」

「身元はどうしたんだ。契約に必要だろう」

「プリペイドだ」

「身元は同盟で作れる。運転免許だって取れるぞ」

ようやく加盟の優位を示せそうだ。だが、リアムはたいして関心を示さなかった。

「車なら転がせる」

「無免許で運転してるのか？　パクられたら拙《まず》い。受験料はこっちで出すからさっさと免許を取れ。転がせるなら簡単だ」

「面倒くせえな」

全く、あきれた新人だ。が、独力で車の運転を覚えた者は今までに誰もいなかった。

「他に聞きたいことはあるか？」

「特にない。食事クーポンもスマホもどうでもいい。それより『あれ』はどうした」

「ああ、盟主から預かってきた。こいつを見たらすぐ盟約書に判を捺《お》したくなるぜ」

レノックスはアタッシェケースのナンバー錠《じょう》を合わせ、かちりと留め金を外した。慎重にケースを開く。

ケースの緩衝材《かんしょうざい》にぴったり嵌《は》め込まれた硝子《ガラス》の小瓶《こびん》。その瓶に収められた白い粉末が淡い光を放ち、アタッシェケースの内側を薄青く照らしていた。

《妖素》の光だ。

「瞬きしてみろ。《妖精の視力《セカンドサイト》》を使うんだ」

顔をしかめるように強く瞬きしたリアムの視線はたちまち小瓶に吸い寄せられた。

「これがそうなのか……」

「そうだ。盟約書にサインして血判《けっぱん》を捺せばあんたのものだ。加盟特典で多く入っている。この量が出るのは初回だけだからな。無駄遣いするなよ」

「分かってるさ……奇麗なもんだな。ラノンにいたときは眩《まぶ》しいとしか思わなかったぜ……」

この人間の目には見えない光はラノン人の眼には明るく映る。だから、ラノン人は無意識のうちにこの光をシャットアウトして視ないすべを身に付けている。

なにしろラノンでは何にでも妖素が含まれているので眩しくてかなわないのだ。普段は視ないようにしているから、意識的に妖精の視力《セカンドサイト》を使ってはじめて視えるようになる。

「昨日は間が悪かったな。ランダルは年に一度しか休まないってのに、たまたまその日に来るとは」

突然、リアムの顔色が変わった。

「ランダル？　そいつはランダルっていうのか？」

「そうだ。それが何か？」

「まさか、下の名はエルガーっていうんじゃないだろうな」

「いや、エルガーだぞ？」

「ランダル・エルガーだと……？」

さっきまでの気怠げな雰囲気は跡形もなく消えうせ、眼窩の奥の黒いビーズのような眼に狂おしい光が宿った。

「ランダル・エルガー……」

リアムは確かめるようにゆっくり一音ずつ発音した。

なんだっていうんだ……？

ランダルの名を教えたのは拙かったのか……？

しかし秘密にしておけることでもない。メンバーは全員知っているし、葬儀社のパンフレットにだって載っている。

「そいつがこっちに来たのはいつだ……？」

「詳しくは知らん。三十年以上にはなるな」

盟主を二十四年務め、引退して五年近くになる。この世界に来てから盟主になるまでが何年だったのかは聞いていないが、ジャックより短いということはないだろう。

「そいつはどこにいる……？」

「ランダルを知ってるのか？」

「知らん」

それはそうだ。年齢的に知っている筈がない。

「だったら、なんでだ？」

「なんでもいいだろう！　会わせてくれ！」

起《た》ち上がり、身長差を埋める勢いで詰め寄ってくる。そう来られたらこっちも退くわけにいかない。

ぐい、と胸を張って掌《てのひら》ひとつほど小さいリアムを見下ろす。

「理由も言わず会わせろと言われて、はいはいと聞くと思うのか？　理由を言ってみろ、理由を」

「理由だと……？」

しばらくのあいだそうやって睨みあっていたが、やがて噛んで吐き出すように言った。

「ランダル・エルガーってのはな、俺の親父を殺した男の名だ」

◆◆◆

「それで、リアムはランダルを父親の仇《かたき》だと考えているというわけか」

レノックスの報告を最後まで聞き終え、ジャックは考え込んだ。

「確信はないらしい。父親が死んだのはリアムが生まれる前だそうだ。成長してから殺した男の名を聞いた。それがランダル・エルガーって名だったたってことだ」

「リアムは彼に会ってどうしたいんだ？」

「とにかく話をしたいと言ってるが……場合によっちゃ拙いことになりそうだ。どうやらリアムはカッとしやすいタチのようだからな」

《地獄穴の刑》になった追放者には殺人を犯した者も多い。ランダルがどういう罪で《地獄穴の刑》を賜ったのかは知らないが、可能性としてはあり得る。

「リアムはどうしている？」

「まだ盟約書にサインしていないんだが、とりあえず応接室で待たせてある。タルイス・テーグのチーフに気をつけていてくれるよう頼んだ」

「分かった。まず両者からそれぞれ別個に話を聴こう。会わせるのはそれからだ」

先にランダルから事情を聞いておくべきだろう。

ジャックはランダルのスマートフォンに電話をかけた。この時間なら確実に同盟本部か葬儀社にいる筈だ。

だが、返ってきたのは電波が届かないところにいるか電源がオフになっています、という自動応答だった。

「どうした、ジャック」

「……電話が繋がらないんだ」

「ランダルが電源を切ってるなんてありえないぞ」

二人で顔を見合わせる。

たまたま電波が悪い場所にいるのかもしれない。だが、厭《いや》な感じに胸がざわついた。

「内線にかけてみるよ。本部のどこかにいるなら誰かが知っていると思う」

「じゃあ、俺は店の方をあたる」

レノックスと手分けして関係先に片端から電話した。同盟関係のどこかにいるなら捕まるはずだ。

「僕だ。そっちにランダルが行っていないか？　そうか……いや、なんでもない。ありがとう」

全部の部署にかけてみたが、葬儀社と同盟本部のどこにもランダルを見かけた者はいなかった。

「こっちは誰も知らないそうだ」

「こっちもだ。フローリストとグッドピープル・カフェには行ってない」

そして彼は『ベルテンの夜』にも『ラノン・ラノン』にも『十二夜亭』にもいなかった。

思いつく限りのところに問い合わせた結果、わかったのはランダルは関係先のどこにもおらず、彼がどこにいるのか誰も知らないということだった。念のため自宅フラットの固定電話にも掛けたが、何故か繋がらなかった。

ジャックが盟主になってからランダルと連絡がつかなかったことは一度もなかった。深夜であってもだ。

「最後にランダルに会ったのは誰だ？　そいつから話を……」

「最後に会ったのは、たぶん僕だ。午前中の早い時間に、この部屋で」

「その後は誰も見てないってのか？」

「おそらく」

執務室にいた時間は長くても三十分くらいだろう。ここを出たあと彼がどこに行ったのか誰も知らないのだ。

「《伝言精霊》を使ってみるよ」

「ああ、そうしてくれ」

ジャックはランダル宛てに緊急の用件で話があるという内容の短い伝言を送った。《伝言精霊》は相手が地上のどこにいようと確実に届く。

「返事はきたか?」

「いや……」

突然、デスクの上でコンピュータが小鳥の囀りのような音をたてた。メールが届いたのだ。

「知らないアドレスだが、これはランダルからだ……」

件名は『ジャック・ウィンタース様へランダル・エルガーより』。本文はなく、添付ファイルがひとつ付いていた。

「なんだか開けたらヤバそうなやつだな」

「だが開けるしかない」

「ちょっと待て!」

レノックスがコンピュータのWi-Fiを切り、通信ケーブルを引っこ抜いた。

「いいぞ。開けてみろ」

添付ファイルの中身はランダルが管理していたさまざまな事柄についての注意書きだった。

それと機密書類の保管先、分散して貯蔵してある妖素のストックの詳細。

――あのときの銀行の貸金庫にはもう幾《いく》らも入っていませんが、私の生体認証は解除してあるのでお遣いください。パスワードは《舳先《へさき》に砕ける千の波》という譚歌《たんか》の第二スタンザ三行目の最初の二単語です。レノックスが知っています――


「レノックス。知ってるのか？」

「えっ……その……分かる」

「そうか。あとで教えてくれ」

「あ……ああ」

どういうわけか、この話題になるとレノックスは妙に歯切れが悪くなる。ランダルが握っているレノックスの弱みと関係しているらしい。

「それはそうとしてだ！　なんだってランダルは誰にも行き先を言わずにどこかに行っちまって、捨てアドでこんなものを送ってきたんだ？」

「実は、思い当たることがある。今朝、ランダルにリアムの話をしたんだ……」

いま思うと、あのときのランダルはいつもと様子が違っていた気がする。リアムの名を聞いたとき、なにか躊躇《ためら》うような考え込むような素振りを見せたのだ。

そして何気ない雑談めいた口調で訊ねた。そのドナヒューは何歳くらいですか、と。

彼は滅多《めった》に雑談をしないから、少し珍しく思った。

「その時、僕は何の気なしに三十過ぎくらいだと思うと答えたんだ」

なぜ歳を訊いたのかと聞き返すと、もう少し若いかと思ったので、と答えた。

だが、よく考えるとそれは質問の理由としてはおかしい。

聞き流してしまったが、ジャックが口にするまでリアムが何歳なのかランダルにはわからなかった筈だからだ。

ランダルは意味のない質問をする男ではない。

ランダルにはリアムの年齢を気にする理由があったのだ。

リアムが二十前後の若者なら三十数年前のランダルの追放とは無関係だ。まだ生まれていなかったのだから。

だが、リアムは三十代だった。

「彼がリアムの父親を殺して地獄穴送りになったとしたら、ちょうど歳が合うんだよ」

ここで一つの仮説が浮上してくる。

ドナヒューという姓を聞いたとき、ランダルはリアムが彼が殺した男の息子だと気づいたのではないか。そして姿を隠し、あのメールを送ってきたのだとしたら……？

「ランダルはそれを聞いて逃げたってことか？」

「可能性は高いと思う……」

そのとき、外の廊下から言い争うような騒々《そうぞう》しい声が響いてきた。だんだん近づいてくる。

「通してくれ、ウィンタース盟主に話があるんだ！」

「駄目です、駄目ですったら！　私が叱られます！」

どうやら片方はタルイス・テーグのチーフ、トロロープの声だ。もう片方は——次の瞬間、執務室のドアが勢いよく開いてリアム・ドナヒューの姿が現れた。

「おい！　いつまで待たせるんだ！」

しまった……！

ランダルと連絡が取れなくなっていることにばかり気を取られて、リアムを待たせていることを失念していた。各所に問い合わせしていたのと、ランダルからのメールをチェックしていた時間を考えると随分経ってしまっている。

リアムの後ろでは彼の袖《そで》にぶらさがったトロロープが半泣きになっていた。

「止めたんです！　だけどこの人、言うことときかなくて！」

「いいんだ、トロロープ。下がってくれ。僕が話すよ」

「申しわけありません、ウィンタース盟主……！」

トロロープはぴょんと跳び上がるようにお辞儀《じぎ》をして退散し、戸口には案山子《かかし》のように立ち尽くすリアム・ドナヒューひとりが残されていた。

「ジャック・ウィンタース！　俺の話を……！」

「リアム。レノックスから話は聞いた。だがその件についてはまだ何も解明されていないんだ。何か分かったら連絡するから今日はひきとってくれないか」

「別に解明とか頼んじゃいねえ。俺はランダル・エルガーと直接会って話がしたいだけなんだ」

「残念ながらそれはできない」

「どうしてだ？　頼む！　ランダル・エルガーに会わせてくれ！」

ひどく思い詰めた顔だった。

長時間ひとりで待たされていたリアムはそのことしか考えられない状態になっているのだろう。適当な言葉で誤魔化《ごまか》して納得させられるとは思えなかった。

「ランダルがどこにいるのか僕らも知らないからだ。今朝から連絡がつかない」

「なん……だって……？」

眼窩の奥の黒い眼が理解できないというふうに何度も瞬いた。

「匿《かくま》ってるんじゃないだろうな……」

「女神に誓う。彼は本当にここにはいない」

「そう……なのか……。畜生……俺が来たから逃げやがったんだな……やっと見つけたってのに！　卑怯者め……！」

「それは分からない。僕らに分かっていることはランダルが同盟の関係先のどこにもいないということだけだ」

「逃げたに決まっている！　逃げたってことは、そいつは親父を殺したランダル・エルガー本人だってことじゃないか！　そうだろう⁉」

「それはこれから調べるんだ。少し待って欲しい」

「調べて、ランダル・エルガーが親父を殺したと判ったら同盟でヤツをなんとかしてくれるのか……？」

「いや。もしそうだとしても同盟としてはなにもしない。それは当事者同士の問題だ」

「どうしてだ？　そんなことってあるか⁉　殺したら殺されるのが同盟のルールじゃないのか？」

「それはこの世界でのことだ。追放者はみな罪人だ。ラノンでのことは不問に付《ふ》す決まりなんだ」

「畜生ッ……」

しばらく黙ったままこちらを睨んでいたリアムがふっと視線を外した。

「……加盟は止《や》めだ。もうあんたたちには頼まない」

「リアム。どうする気だ」

「決まってる。俺の手で見つけ出してぶっ殺すんだ」

やはりそう来たか……。

溜め息が出る。

彼は今、完全に頭に血が上っている。少し冷静になってから改めて話し合った方がいい。

「落ち着くんだ。未加盟でもメンバーを殺せば灰のルールが適用されると説明しただろう」

「かまやしない。どうせこんな世界だ。長生きしたってしょうがねえさ。ランダル・エルガーを殺して俺も死ぬ」

リアムはふらりとよろめくように踵を返した。レノックスが慌てて後を追う。

「待て！　馬鹿なことをすんじゃねえ！　せっかく拾った命なんだぞ！」

レノックスがリアムの肩をつかむ。が、何故かつかんだ筈の手がすかっ、と空《くう》を切った。

「おい、どうなってんだ……！」

リアムの姿は半透明になって消えかかっていた。そのまま空気に溶けるように消えていく。

「レノックス、無駄だ。《隠行《おんぎょう》》だよ」

「えっ！　俺は初めて見たぞ」

「相当難しい術だよ。たいしたものだ。魔術者ではない者で遣えるのは珍しいな」

同盟の誰にも気付かれずにこちらを監視できたのは、《隠行》の使い手だったからか。

「感心している場合か！　どうすんだよ、ジャック。リアムに逃げられたぞ！」

「二人ともに、だ」

ランダルはこうなることを予期していたに違いない。だから姿を消したのだ。

2　それでも僕らは彼を捜す

リアムは路地をでたらめに歩き回った。

クソッタレめ……！

目も眩《くら》むような怒りに身体が震える。

《同盟》なんぞクソ喰らえだ。あのすまし顔をした霜の瞳《フロスティ・ブルー・アイ》の盟主《めいしゅ》も、デカブツのブルーマンもクソ喰らえ。

当事者同士の問題だと？

そうとも、これは俺とランダル・エルガーの問題なんだ。だから俺の手でカタをつけてやる——。

ぐるぐる歩き回りながら何度も何度も深呼吸する。

若い頃から怒りに我を忘れそうなときはこうやって歩くことにしている。そうするとたいていそれで収まって、とんでもないやらかしをしないで済む。

落ち着け……落ち着け……落ち着くんだ……。

呼吸が楽になり、身体の震えが収まってくる。

よし……もう大丈夫だろう。

目についたカフェに飛び込み、同盟の受付を通るときにつかんできた《ラノン&Co《カンパニー》葬儀社》のパンフレットを広げた。会長ランダル・エルガーの写真が載っている筈だ。

あった……！　こいつだ……。

ランダル・エルガーの写真はあの《霜の瞳》の若い盟主の写真と並べて載せられていた。盟主が葬儀社の社長、ランダル・エルガーは会長ということらしい。

濃いグリーンのぼかし模様を背景に五十絡《がら》みの気取った感じの男が写っている。タルイス・テーグ風の癖のない金髪。高そうなスーツには一分《いちぶ》の隙もない。

こいつが、ランダル・エルガー……なのか。

十分ほどその写真を眺めたあと、リアムは作り物みたいな奴だ、と結論づけた。

唇は笑った形になっているが、笑ってなんかいないのは一目瞭然だった。こいつが笑っているんだとしたら、蛙《かえる》だって笑える。目には精気がなく、死んだ魚みたいだ。

本当にこんな奴が親父を殺したのか？

それを知るためには、こいつを見つけ出さなければならない。

見つけ出して、そして問い質《ただ》さなければ。親父を殺したのか——何故殺したのか。

リアムは父親を知らなかった。

分かっているのはルーイー・ドナヒューという名前と、自分が生まれる前に死んだということだけだ。

死んだ父親のことを話してくれとせがんでもお袋は何も教えてくれなかった。最初からいなかったも同じの父親だから話しても仕方がないと。

お袋は再婚し、そのあと生まれた弟妹には父親がいる。

だが自分の父じゃない。義理の父は当然のように自分の子を可愛がったし、おまけにお袋も弟妹の方を可愛がった。

家族の中で自分だけが異分子だった。

転機は十五のときだ。《隠行《おんぎょう》》の力が発現したのだ。滅多《めった》に遣える奴がいない術だ。リアムは呪誦《ビショーグ》なしで《隠行》を遣えた。生まれつき身に備わった力である証《あかし》だった。

ラノンでは後から生まれた子の方が強い魔力を持つことが多い。親は下の子に期待をかける。家を継ぐのも一番下の子だ。先に生まれた自分は貧乏くじを引いたと思っていた。だが、弟たちのだれも《隠行》は遣えない。自分だけの力だ。

ざまあみろだ。自分の勝ちだ。

それでもお袋は家業は弟に継がせると言った。リアムには任せられないと。

小さい時からうすうす感じていたこと、お袋は自分を嫌っているということがはっきりした瞬間だった。

そんなときにリアムの本当の父親は殺されたのだという話を小耳に挟んだ。殺したのはランダル・エルガーという男だと。

そいつを捜そうと思った。

家を飛びだし、それまで名乗っていた母の姓を捨て、父親と同じドナヒューを名乗ることにした。

《隠行》があれば盗みは容易《たやす》い。お陰で金には不自由しなかった。女にもだ。だが金に寄ってくる女たちは金が無くなればさっさと居なくなる。本気で惚れた女には盗人なんかお断りと鼻も引っかけられなかった。

そんな浮き草稼業《かぎょう》に嫌気がさし、盗んだ金を元手に商売を始めようとしたこともある。もちろんのこと、うまくいかなかった。まともに働いたことがないのだから当たり前だ。

あげく一文無しになり、結局また盗人稼業に逆戻りだ。その繰り返しだった。

それに周りが放っておかなかった。リアムがいれば盗み働きは簡単だ。どこに行っても重宝された。

いや、違う。利用されたのだ。

泥沼だった。盗人稼業から足抜けできないまま、気がついたらもう若いとは言えない歳になっていた。ランダル・エルガー捜しは続けていたが、何年経っても見つからなかった。

そしてついにどじを踏んじまった。

忍び込んだ店が雇っていた魔術者に捕まって官憲《かんけん》に引き渡された。その時は《隠行》で牢から逃げたのだが、再び盗みをやって捕まった。常習犯のうえ、累犯《るいはん》で罪が重くなって地獄穴の刑を喰らう羽目になったのである。

だが、そのお陰でランダル・エルガーを見つけることになるとは。

パンフレットの写真に目を戻す。

実感が湧かなかった。こんなちっぽけな写真一枚じゃ、何も分からない。

リアムはスマートフォンでパンフレットのランダル・エルガーの写真を撮影した。それから『この男を捜して欲しい。名前はランダル・エルガー』という依頼文とともに、仕事を請け負《うお》っている探偵事務所の下請け仲間数人に送信した。

連中は簡単な魔法一つも遣えないこの世界の人間だが、人捜しに関してはプロだ。

◆◆◆

リアムが消えた戸口を睨んでいたレノックスが不満げな声を上げた。

「……ジャック。なんでランダルが消えたことを奴に話しちまったんだ?」

どうやら彼はジャックがランダルの失踪をリアムに話してしまったのが不満らしい。

「今ちょっと留守だとか言っておけばよかったんじゃないか。そうすりゃ今日のところは誤魔化せた」

「いや。下手に取り繕《つくろ》ったら事態を悪化させただけだよ。そんな嘘はすぐに見抜かれる。そうなったら彼を同盟に帰属《きぞく》させる可能性は完全になくなっただろう」

「だが、とりあえず時間は稼《かせ》げたんじゃないか」

「時間を稼いでくれたのはランダルだよ。彼が黙って姿を消したから僕らは嘘を吐《つ》くことなくリアムの問題を先延ばしにできたんだ」

ランダルが同盟内にいたら、自分たちは彼を匿《かくま》おうとしただろう。ランダルの居場所を知っていたら、知っているのに知らない、と言わねばならなかった。だが、ランダルは本当に行方不明だったから嘘をつく必要もなかった。

「まあ、それもそうか。あんたは嘘が下手だからな」

「おまえに言われたくないな」

「えっ、そうか？　俺はそんなことはないぞ」

本人は嘘が吐けると思っているらしいが、レノックスは裏表のないあけっぴろげな男で隠し事には全く向かない。すぐに顔に出てしまうのだ。

少なくとも自分はレノックスよりはそつなく嘘が吐けると自負している。

嘘と謀略《ぼうりゃく》は宮廷では必要不可欠な能力だったからだ。

思えばその宮廷が苦手だったわけだが……。

そのとき、ノックの音がした。

「誰だい？　今ちょっと取り込み中なんだが」

「ぼくです、ラムジー・マクラブです！　ジャックさん、大変なことが……！」

慌ててドアを開けると、フローリストのエプロンを着けたラムジーが息せききって飛びこんできた。

「どうしたんだい、ラムジー」

「ジャックさん！　レノックスさん！　ランダルさんの部屋が火事なんです！」

「なんだって⁉」

レノックスが大声をあげ、ラムジーは素早くスマートフォンを差し出した。

「今、前を通ったら消防車が来ていて……」

ジャックは小さな画面に表示された写真を見つめた。

見覚えのある十階建ての集合住宅が映っている。最上階のフラットの窓が割れ、そこから白い煙が薄く上がっていた。

「このビルの最上階、ランダルさんの部屋ですよね……？」

「ああ。そうだと思う」

「あの……ランダルさんは？」

「部屋にはいなかった筈だよ。でもここにもいないんだ」

火災そのものは既に鎮火《ちんか》しているようだ。奇妙なことに外壁についた煤跡《すすあと》は定規でひいたように真っすぐで、両隣の部屋には全く延焼《えんしょう》していないように見える。

「やられたな！　リアムの仕業《しわざ》か……」

「いや。時間的に無理だと思う」

リアムがここを飛び出していってからいくらも経っていない。ランダルのフラットを突き止めて放火できたとは思えなかった。

じっと画面を見つめているうちに、ひとつのストーリーが脳裏に浮かんでくる。

今朝、ここでリアム・ドナヒューという追放者のことを聴いたランダルはある決意を固めて自宅に戻った。身を隠す準備をしてあの添付ファイルの中身を作成し、部屋に火を放つ——。すべてをやり終えたのはそれほど前のことではないだろう。

燃え方が不自然だから、自然の火ではなく《火竜《かりゅう》》などの魔法を使ったのかもしれない。確認はしていないが、ランダルはまだ大きな魔法の封じられた黒水晶《モリオン》をいくつか持っている筈だ。

水晶などの貴石《きせき》に封じられた魔法は封印を解除するだけですぐ遣える。解除の呪誦《ビショーグ》さえ唱《とな》えれば魔術者クラスの大魔法を誰でも行えるのだ。

「これはランダルの仕事だよ。自室だけ燃やして隣の部屋に延焼していないのも彼らしい」

「なんで自分の部屋を燃やすんだ……？」

「追跡させないためだ。彼は自分の痕跡を完全に消したんだよ」

ありありと想像できた。

部屋に黒水晶一つを遺《のこ》し、鞄を手にランダルが《低き道》をくぐるのを。黒水晶に封じられた魔法が解き放たれ、室内に赤い炎の舌が広がっていくのを。

「なんでそこまでするんだ?」

問題はそれだ。

あの仮説が再び脳裏に浮かんでくる。

それは認めるのが難しい考えだった。だが、何度考えても消去法でそこに行き着いてしまう。

「……さっきのメールが答えだと思う」

「ランダルのメールがか?」

「そうだ。あれは、もうここには二度と戻らないという彼の意思表示だったんだ」

「二度とだって……?」

「そうだ」

「いや、だってあのランダルだぞ?」

「あのランダルだからだ」

——仰《おっしゃ》る通り、そろそろ独り立ちされてもいい頃合いかもしれませんね——

彼は盟主の座を譲って四年以上実務から手を引かなかったのに、今朝の会話のあと突然そう言ったのだ。

「戻らないつもりでなければ、彼が誰にも行き先を告げずにいなくなるなんてありえない」

「そりゃあ、そうだ！　そうだが……」

「レノックス。彼はリアムから身を隠しただけじゃなく、僕らにも捜して欲しくないんだよ」

レノックスは髪の毛一本あればその持ち主がいる方角を特定できるという特技を持っている。

ランダルはそれを知っていたから自室を焼いたのだ。

「ううッ……けど、なんでだよ！　安全な場所に身を隠したんなら、俺たちには居場所を報《しら》せたっていいじゃないか！」

「なにか、理由があるのだと思う」

だが、それが分からない。

ランダルが何を考えて行動しているのかが分からない。

彼は常に本心を見せることなく生きてきたし、自分はそれに踏み込むことはしなかった。

そういう彼に甘えていたのだと思う。ことさらに話をしなくても大丈夫だという気があったことは否《いな》めない。

ある意味で最大の信頼を置いていた。

それだけに、ランダルが本気で失踪したのだとすれば事態は深刻だということだ。この分だと、血判《けっぱん》を捺《お》してある盟約書も駄目だろう。ランダルは盟約書の保管場所を知っているし、今も保管庫のすべての鍵を持っている。

心配顔で聞いていたラムジーがおずおずと口を開いた。

「ランダルさんはどこへ……」

「分からないんだ」

ジャックはラムジーにこれまでに分かっていることを話した。ランダルを仇《かたき》と狙う追放者が来たこと、ランダルが黙って姿を消したこと。

「あの……ランダルさんを捜すんですか……？　もしもランダルさんが捜されたくないと思ってるなら……」

「それでも僕らは彼を捜すんだ」

彼が望むと望まざると捜すしかない。自分たちはランダルを失うわけにはいかないのだ。

「君が家出したとき、捜されたくないと思っただろう。だけど君のご家族は必死に捜したはずだ。捜さないわけにはいかないんだよ。家族だからね」

「そう……ですよね。僕も捜すの手伝います！」

「ありがとう、ラムジー。君の鼻が一番頼りになるよ。見つけたら彼を護衛して欲しい。リアムはランダルを殺すと息巻いているから」

「はい！　あの、ネッシーにも手伝ってもらっていいですか？　ぼく一人だと見つけても報告できないので」

「そうだな……」

ラムジーの幼なじみのアグネス・アームストロングは巨人族の怪力と少しの魔力とを持っているが、それを除けばこの世界で育ったごく普通の二十歳だ。

この前アグネスに協力を頼んだときは猫を探すだけだった。しかし今度は危険な相手と遭遇する可能性がある。

「それじゃ、無理をさせないと約束してくれないか。危険だと思ったら報告して二人とも僕らの到着を待つこと」

「大丈夫です、ネッシーはぼくが護《まも》ります！」

思わず小さな笑みが漏れる。

「アグネスには僕が直接頼むから、君は支度して待っていてくれ」

「はい！　奥の部屋、お借りします！」

アグネスに電話で事情を説明している間にラムジーは銀色の毛に包まれた姿に変身して戻ってきた。

レノックスが狼ラムジーの銀色のたてがみを両手でくしゃくしゃくしゃにする。

「チビすけ、でかくなりやがって」

「ウォウッ！」

ふさふさした尻尾《しっぽ》が嬉しそうに左右に振れる。たいがいの犬より大きく、この世界の狼としては最大級の大きさだ。

「リアムの方はどうするんだ」

「放ってはおけないな。《隠行》の使い手を見つけるのは僕らでは無理だからシールシャに頼もう」

魔女シールシャに送った《伝言精霊》の返事はすぐに返ってきた。

【ジャック・ウィンタース。おまえの伝言は受け取ったわ。私はその男を捜せばいいということね】

【そうだ。リアムは《隠行》の使い手だ。《隠行》が遣われたら探知できるかい？】

【この世界で《隠行》が遣われたらということかしら？】

この国で遣われたら、というつもりで言ったのだが、世界中を監視できるならそれに越したことはない。

【そうだ。見つけたらリアムに怪我をさせないように足止めしてくれないか。そしてもし彼がランダルを殺そうとしたら阻止して欲しいんだ】

【おまえはいつも難しい注文をするわ】

【君ならできるからだ】

以前、蛙に言の葉を呑み込ませて喋《しゃべ》らせるという術を頼んだことがある。その時も彼女は難しいと言いつつ見事にやってのけたのだ。

【おまえはおだてるのが上手いわ。その男の姿を送って頂戴《ちょうだい》。おまえとレノックス、両方の

見たものを】

「おう。送るぞ」

と、レノックス。

【視《み》えたわ。でもジャック・ウィンタースの見た男と、レノックス・ファークハーの見た男は随分違うわ】

「えっ。そうか？」

【ジャック・ウィンタースが見たリアム・ドナヒューは神経質そうだったわ。レノックスが見た男は横柄《おうへい》で傍若無人《ぼうじゃくぶじん》】

それは仕方がない。シールシャに送ったイメージは記憶の中の映像だ。正確な姿形を再現するのは難しいし、人に対する印象はそれぞれだ。ランダルの《遠目》なら見たままのものを送れるのだが、生憎《あいにく》とランダルはここにいない。

【俺の目には自信過剰の芸術家タイプに見えたぞ】

【僕が見たリアムは人付き合いが苦手で、自分から壁を作るタイプだったな】

シールシャの苦笑が伝わってくる。

【どちらにしても面倒臭そうな男ね。私は捜してみるわ】

【頼むよ】

彼女ならきっと見つけてくれるだろう。シールシャはラノンで一、二を争う魔女だったのだ。

その点については心配していない。

本当に難しいのは、見つけてからだ。どうやってリアムに復讐をやめさせるか。

その方法については確たる見通しはたっていなかった。

◆◆◆

レノックスはジャックと魔女シールシャとの《伝言精霊》のやりとりが終わるのをじりじりしながら待った。

いったいぜんたい、何がどうなってるってんだ?

ランダルがすべてを捨てて逃げただと……?

あり得ない。何よりランダルが《同盟》を捨てたなんていうことが信じられない。

何かの間違いだ。急な用件でクリップフォードかどこかに行っているだけなのだ。きっとそうだ。あの村は電波が悪く携帯が通じないことがあるじゃないか。

だが、あのメールは?

あれはランダル本人が書いたものに間違いない。ジャックの言うように部屋を焼いたのもランダルだろう。現実としてランダルはどこにもいないのだ。

そこまで理解しても、レノックスはそれでもまだこの状況を呑み込むことができずにいた。

こんな馬鹿なことがあるもんか……まるで悪い夢を見てるみたいだ。

遠くを見ていたジャックの視線がふっと執務室内に戻ってくる。

終わった！

レノックスは間髪《かんはつ》をいれず話しかけた。

「なあ、ジャック！　俺にはランダルが逃げ隠れしてるってことに納得がいかないんだ。らしくねえ」

「秘密主義を貫《つらぬ》いている点は彼らしいと思うが」

「俺は、むしろランダルがリアムを暗殺したって聞いた方が驚かなかったぞ」

「それはまた随分じゃないか」

「目的のためには手段を選ばない男だからな」

ランダルの目的とは常に《同盟》を守ることだ。

そのためなら殺しも辞《じ》さない冷徹さを持ち合わせている。リアムが同盟にとって邪魔な存在なら消すだろう。以前、ジャックが同盟と敵対していた時に彼を消すと仄《ほの》めかしたことは忘れられない。

「確かにそうかもしれないが……おまえは彼をどれだけ知ってる？　仕事じゃなくてランダル自身についてだ」

「ランダル自身についてか……？」

改めてそう言われてみると、何も思いつかない。

ダナとタルイス・テーグの血を引いていて、だから二大勢力である二つの種族双方の支持を得られたというのは聞いている。

だが、他のことは何も知らなかった。

ラノンのどこで育ったのかも、何の罪で流されたのかも、女や趣味や酒の好みも何もだ。

「そうさなあ……仕事以外のことはほとんど知らないな。十五年以上の付き合いだってのに」

「僕もだよ。彼は意図的に自分というものを見せないようにしていたと思う。この執務室も個性のない独房のようだった」

「ああ、そういやそうだったな」

今は改善されたが、ランダルがこの部屋の主だった頃にはここには灰色の壁と床しかなかった。花瓶も花も絵もなく、テレビもソファもローテーブルもなかった。この部屋に来ると陰鬱《いんうつ》な気分になったものだ。

「ランダルはただ単にリアムから逃げたんじゃないと思う。行方をくらましたのには何か別の理由があるはずだが、それが分からないんだ」

「秘密と嘘はランダルの得意技だからな」

「ひとことで言ってしまえばそうだね。ひとつはっきりしているのは、彼は信頼できる嘘つきだということだよ」

「あんた、上手いことを言うな」

確かに言い得て妙だ。

ランダルは腹心の部下といわれた自分にも本当のことなど言わなかった。

何度掌《てのひら》の上で転がされたか知れない。好きだったとは言い難《がた》いし、あの男の前では常に緊張を強《し》いられた。

だが、ランダルの《同盟》に対する忠誠心や運営手腕を疑ったことは一度もなかった。

レノックスが《同盟》に来たときにはもうランダルは盟主だった。自分はまだ跳ねっ返りの若造で、偉そうな盟主に反発していたが、何故かランダルはそんな自分に同盟の半端《はんぱ》仕事をさせた。小さな仕事をうまくこなすと次第に大きな仕事を任されるようになり、仲間内で一目置かれるようになった。そして気がついたら《その他少数種族》のチーフとして仲間をまとめていて、盟主の右腕と呼ばれるようになっていた。

そういう意味で、ランダルには恩義がある。救われたと言ってもいい。

追放ですべてを失ったと思い、自暴自棄になっていた自分が《同盟》の中に居場所を見つけられたのだ。

「信頼は……してたな。あんな嘘つきだってのに」

「僕らはランダルのことを知るべきなんだ。彼が何を考えて行動しているのかが分かれば問題解決の手掛かりが見つかるかもしれない」

「解決できるのか……？」

「できるかどうかじゃなくて、しなければならないんだよ」

「ああ、そうだな」

ランダルを見つけ出すだけでなく、リアムの復讐も止めなければならない。とんでもない難《なん》事《じ》に思えるが、とにかくやってみなければ始まらないのは確かだ。

なんとかうまい落とし所が見つからないものか……。

考えこんでいると、ノックの音がしてハーネスを手にしたアグネス・アームストロングが威勢よく入ってきた。

「こんにちは！　ウィンタースさん、レノックスさん」

「よう！　来たな、嬢ちゃん」

レノックスはアグネスを眺め、また少し背が伸びたんじゃないかと思ったが口には出さなかった。でかくなったが、ますます佳《い》い女になったのは確かだ。

「もうラムジーのハーネスは本部に置いておいた方がいいんじゃない？」

「アグネス。たびたび呼び立てて済まない。君の仕事の方は大丈夫なのか？」

「うん。映画のスタント撮影はもう終わって今は仕事がないんだ。ねえ、エルガーさんが行方不明って、本当？」

「ああ。姿を消したのは彼の意思だから、発見は難しいかもしれない。本人を見つけられなくてもいいから、彼の普段の立ち寄り先を探して欲しいんだ。彼の行動パターンを知りたい。《伝言精霊》は遣えるね」

「うん、送る方も上達したんだ。ラムジーは読めるけど送るのができなくて」

「そうか。気をつけて行けよ。ランダルを狙ってる男はラノンの追放者だが、この世界には慣れてるからな」

アグネス・アームストロングはいかにも巨人族らしく天下無敵なふうに笑った。

「大丈夫！　ラムジーはあたしが護るから！」

狼のときのラムジーは驚異的な強さを持ち、ほぼ不死身だ。

だが《強き腕の》アグネスにとっては今もその腕で守るべき小さな幼なじみなのだろう。

「じゃ、行ってくる！　何か見つけたら連絡するわ。いこ、ラムジー」

「ウォウ！」

青いリードで結び合った二人が飛ぶような足取りで執務室を出て行く。

巨人族と人狼《ウェアウルフ》の二人は、なんだかんだ言って似合いのコンビだ。

「ジャック。俺は何をしたらいい？」

シールシャもラムジーもアグネスも仕事がある。だが今のところ自分にはすることが何もない。こうしている間にもリアムがランダルに迫っているかもしれないってのに。

「僕らは本部待機だ。アグネスかシールシャから情報が入るのを待つ」

「くそっ……待つのは苦手だぜ。俺もそこらへ捜しに行ったら駄目か？　偶然見つかるってことも……」

「駄目だ。ランダルが本気で姿を隠したんだ。おまえや僕の能力で発見できるとは思えない。それにリアムにはさっき目の前で逃げられただろう」

確かにリアムの遣う《隠行》は厄介《やっかい》な術だ。魔術者クラスでなければ相手にならないだろう。それは解っている。だが、いま自分にできることがないのが苛立たしい。

ジャックは少し考えこんでいるようだった。

「レノックス。僕らは本部でできることをやろう」

「ここにいて何ができるんだ？」

「会員たちにランダルのことを聞いてみるんだ。古参の会員なら何か知っているかもしれない。リアムの父親とランダルの間に何があったのかも」

◆◆◆

スマホがチリンと氷のような音を立てた。ジャック・ウィンタースからのメールだ。

「ちょっと待って、ラムジー。ウィンタースさんからメール」

アグネスは自分だって《伝言精霊》を読めるのに、と思いながらメールアイコンに触れた。

メールには添付がついていた。

ランダル・エルガー氏の写真だ。

――彼を見たか人に尋ねるときに使って欲しい――

なるほど。そういうことね。《伝言精霊》じゃ人に見せられない。

「OK、行きましょ！」

リードを軽く引いて狼ラムジーに合図する。

今度は狼ラムジーがリードを引いて歩き出す。石畳《いしだたみ》の歩道に爪が当たってかしゃかしゃとリズミカルな音がする。

狼ラムジーが本気で走ったとしても、今の自分ならついていける。オリンピックにだって出られると思う。でも、もう競技スポーツはしない。ズルになるからだ。魔法で怪力を使わなくても、巨人族の身体能力は人間とはまるで違う。

リードの先でくんくん地面の匂いを嗅《か》いでいた狼ラムジーが不意に立ち止まって頭を上げた。暖かいブラウンの眼が物言いたげに見つめる。

「ラムジー。何か見つけた？」

「ウォウッ！」

狼になっているときのラムジーは言葉は話せないが、聞く方は分かる。だから普通に話しかければいいし、人に聞かれて困る話は《伝言精霊》で伝える。ラムジーは読む方は大丈夫だから吠え声の回数でイエス・ノーを返事して貰うのだ。

書店だ。

「エルガーさんはこの店にいる？」

イエスなら一度、ノーなら二度だ。

「ウォウ、ウォウ！」

「でも、最近来たことがあるんだ？」

「ウォウ！」

なるほど。ここはエルガーさんの行きつけの書店なんだ。

こじんまりとした店だけれど、ウィンドウにはハロウィン商戦に向けたしゃれた飾り付けがしてある。

「入るね、ラムジー」

リードを短く持って書店に足を踏み入れる。

店員がちらりとこっちを見たが、狼ラムジーがよく訓練されたワーキング・ドッグみたいに左脚にぴったり寄り添って歩くのを見て文句を言うのをやめにしたようだ。

狼ラムジーは匂いを嗅ぎながらゆっくり書棚の間を歩き、ひとつの棚の前で立ち止まった。

「ここなの？」

肯定《こうてい》。詩集の棚だ。だけどそれ以上のことは分からない。

そのとき、パッと頭に閃《ひらめ》いた。いつもこの書店に来ているのなら、ミスタ・エルガーは書店員と顔なじみかもしれない。だとしたら？

店の一番奥にあるカウンターに向かう。

知らない店で買い物するだけだってドキドキするのに、うまく言えるだろうか？

「あ、あの！　すみません……」

「なんだね」

鼻眼鏡をかけた年配の店員がじろりとこちらを見上げた。

いきなり動悸が倍くらいに跳ね上がる。

「ええっと、叔父が取り置きしてもらってる本を取ってくるよう頼まれたんだけど、あたしタイトルを忘れちゃって……」

「叔父さんの名前は？」

「ランダル・エルガーっていうの。歳は五十くらいでお堅いビジネスマン風なんだけど、金髪を長くして後ろで一つに結んでるわ」

ちょっと困った風に唇の端でニコッと笑う。ミスタ・エルガーとはあまり似ていないけど、髪の色はほぼ同じだから信じてくれるかもしれない。

「ああ、エルガーさんね。いつもの入荷してるよ」

鼻眼鏡の店員は腰をかがめてカウンターの下から一冊のぺらっとした冊子を取りだした。

「十五ポンドだよ」

うわー、高い！

アグネスはあとで立て替え分を同盟に請求しよう、と心のメモ帳に書き込んだ。なけなしの十五ポンドを支払い、薄っぺらい作りの冊子のような本を袋にいれてもらうと大急ぎで店を出た。

通りで袋を開けて中を確かめる。

「『詩の翼』……？」

詩の専門誌だ。

なんだか意外。あのエルガーさんが詩を嗜《たしな》むなんて。

いつもスーツを着ていて、シティのビジネスマンか政治家みたいに見えるし、ぜんぜん《妖精》には見えない。

ラノンを追放された妖精連中は少数の例外を除き、たいがい自堕落《じだらく》で享楽的《きょうらくてき》だ。

エルガー氏はどうして他の妖精連中みたいに享楽的じゃないんだろう？

ブルーマンのレノックスも妖精に見えないけど、あの人は踊りが好きだし大酒を飲むし、そういうところは普通に《妖精》っぽい。でもエルガー氏は付き合いでケイリーに来ても一曲も踊らないで帰るのだ。

あんなにお堅くて真面目なのに、どうして人を殺して追放されるようなことになったんだろう……。

そんなこと、考えたところで分かりそうにない。

アグネスは『詩の翼』を袋に戻し、ジャック・ウィンタースに《伝言精霊》を送った。

【エルガーさんの行きつけの本屋さんを見つけたわ。取り置きしてる本もゲットした。『詩の翼』冬号】

これでよし。

狼ラムジーがこちらを見上げて嬉しそうに尻尾を振る。

「何か見つけたの?」

「ウォウッ」

イエスだ。

狼ラムジーはアグネスを先導するように歩き出した。ここから先のエルガー氏の手掛かりも発見したらしい。

「行きましょ、ラムジー」

◆◆◆

話し声が談話室の外の廊下にまでがやがやと溢れだしていた。ジャックはレノックスと顔を見合わせ、ノックしてからゆっくりと談話室の扉を推《お》した。

「やあ。僕らも入っていいかな」

とたんに室内がぴたりと静まり返った。

いつもの顔ぶれに加えて貝殻《かいがら》で身を飾ったシェリーコートや半獣人のウリスクといった少し珍しい種族の姿もある。

その全員が、押し黙ってこちらを見つめている。

こんなことは談話室に初めて来たとき以来だ。

つまりは、聞かれたくない話をしていたということか。

「なんだ、みんなしけたツラしやがって」

レノックスは大股で談話室に踏み込み、空《あ》いている席にどかっと腰を下ろした。

「俺たちにも茶をくれよ」

無言のまま電気ポットと茶器が回されてくる。

ひどく気まずい雰囲気のなか、情けない声を出したのはアンヌーン族のチーフ、アーロンだ。

「レノさん……」

「おう。なんだ」

「その……会長が逐電《ちくでん》したって本当なのかい……？」

「残念ながら本当なんだ」

もう知れ渡っているのか。

トロロープから広まったのだろう。おそらくリアムを引き止め損《そこ》なったあと、しばらく廊下に留まって聞いていたのだ。

「ウィンタース盟主も行き先を知らないんで……？」

「ランダルは何も手掛かりを遺していかなかった。誰か心当たりはないだろうか」

妖精たちは顔を見合わせた。

「知らないよ」

「談話室に来たことねえし」

沈黙があたりを支配した。ダナもアンヌーンもウリスクもプーカもホブゴブリンも、どの顔も俯《うつむ》き加減で、互いにちらちらと上目遣いの視線を交わしている。

長い間、多くの会員にとって《同盟》とランダルはほぼイコールだったのだ。ランダルのいない《同盟》など、想像できないのだろう。

「レノの旦那はどうなんでえ。なんか思い当たることはないのか？」

「いいや。俺にもさっぱりだ」

「レノの旦那に分からないことが俺らに分かるはずもねえや」

レッドキャップが首を振りながら言う。

「だったら彼についてでもいい。ランダルが普段何をしていたか知りたいんだ。彼が行きそうな場所、好きなもの、なんでもいい」

プーカが手を上げた。

「ランダルが好きなものなら知ってるよ！　規則！」

「時間厳守は好きだよね」

「ねちねちイヤミを言うのが好きなんだと思うね」

「おまえら、そういうんじゃなくてだな……」

レノックスの言葉を、ブルーキャップが遮《さえぎ》る。

「好きな場所は《同盟》本部」

「そうだな……」「いつでもいた」

ランダルにとっては《同盟》がすべてだったのだ。

だが、そのランダルが《同盟》から姿を消した。

ランダルと同じ金色の髪をしたタルイス・テーグがおずおずと口を開いた。

「……役に立つか分からないが、ランダルは長子《ちょうし》だったって聞いた。自分もそうだから覚えてた」

「おれもそうだ。やることがないからやばいことに足をつっこんじまってさ」

実際、追放者には長子が目立つ。

ラノンでは長子は損な役回りだ。たいていの場合、多少の財産分けで早くに家を出される。

独り立ちしてうまくいけばいいが、そうでない場合は多くが漂泊者となり、治安上の問題になっていた。

「又聞きだけど、けっこう良い家の出だったらしいよ。親は領主か貴族だったかもしんないよ」

「領主じゃなく都市貴族だったんじゃないかと思うな。田舎のことはあまり知らないみたいだった」

「ありがとう。参考になったよ」

今はどんな些細《ささい》な情報でも欲しかった。

ランダルの行動原理を知れば、彼が何のためにどこへ行ったのかが分かるかもしれない。

「誰か、リアム・ドナヒューの父親について知らないか？　ランダルとの関係を知りたい」

「ドナヒューって？」

「きのうここに来た。ダナ人だ」

「ランダルのことを親の仇だって言ってる奴だよ」

「あいつの親父ってことは随分前に追放になった奴に聞かんとわからんよな」

「ここには三十年より前に来た奴はいないよ。『十二夜亭』にいってみなよ」

「そうか……ありがとう。他を当たってみるよ。行こう、レノックス」

古株の追放者から一人ずつ聞き取りしてみるしかないか。

談話室を後にしかけたとき、後ろからプーカが声を掛けてきた。

「ウィンタース盟主！　ランダル、見つかるよね……？」

悪戯《いたずら》好きなプーカの声が珍しく不安な色を帯びていた。

「分からない。だが、できることはすべてやるつもりだ」

3　本当に望んでいたこと

テムズ川に臨《のぞ》むホテルの一室でランダルはアタッシェケースの中身を確かめた。

ケースの中の小箱には磨《みが》き上げられた黒水晶《モリオン》の玉が大小合わせて七個ほど入っている。偉大な魔術者だった先代盟主の遺品だ。

ラノンでは魔法は石に封じて売買されていた。黒水晶だけでなく、さまざまな石が使われたのだ。この世界ではあまり価値がないが、ラノンでは魔法を溜めやすい貴石《きせき》類は通貨の代わりになるほど価値の高いものだった。

そして妖素《ようそ》の小瓶《こびん》。《同盟》の管理分ではなく自分への通常支給分だ。自分のために魔法を遣《つか》うことはあまりしなかったから、かなりの量が残っている。

これからやろうとすることには充分な量だ。

ジャック・ウィンタースに盟主の座を譲《ゆず》って五年。

ちょうどいい頃合いかもしれない。

このところジャック・ウィンタースは盟主として成長著《いちじる》しい。それに自分がいなくなってもウィンタース盟主を支える者は大勢いるだろう。自分と違って愛される盟主なのだから。

ウィンタース盟主からリアム・ドナヒューのことを聞いたあと、《眼》を飛ばして同盟にやってくるリアムを待ち受けた。

すぐに分かった。

目や髪や顔立ちがルーイーによく似ていた。生き写しといっていい。ルーイーの息子に間違いない。そして何よりルーイーと同じ《隠行《おんぎょう》》の使い手だ。

《地獄穴》に落とされてこの世界にやってきた。

あれから三十四年。長かった。

あの頃、自分はまだ十代の若造だった。

実家はダナ王家に仕える下級貴族の家柄だったが、長子《ちょうし》に生まれた自分は家督《かとく》を継げるわけでもなく、かといって独立する才覚もなく、ただ無為《むい》に日々を過ごしていた。何の仕事もせず城下でふらふらと遊び、悪い連中ともだいぶ付き合った。

そんなときルーイー・ドナヒューに出逢ったのだ。

町にたむろする若い連中の中で彼は一際《ひときわ》目立っていた。

歳は自分といくらも変わらないが、ルーイーは一人前の男だった。ケンカをすれば負け知らずで、年嵩《としかさ》の男達とも対等に渡り合った。

一種独特の暗いオーラを纏《まと》い、猫のように自由気ままで、道を往《ゆ》けば女達の視線を釘付《くぎづ》けにした。自信に溢れ、怖いものなどなにも無いように見えた。

今も鮮《あざ》やかに思い浮かべることができる。肩で風を切ってしなやかに路地を歩く姿を。不敵な笑みを。

若く、何者でもなかった自分にとってルーイーは眩《まぶ》しい存在だった。あんな男になりたいと思った。

そのルーイーが自分に声を掛けたのだ。

——おまえ、ランダルっていうんだな。ルーイーだ。俺と組まないか。俺たち二人で組めば欲しいものはなんだって手に入れられるぜ。なあ、断ったりしないよな？——

断る理由があるだろうか？

憧れのルーイー兄貴に声を掛けられたのだ。天にも昇る気持ちだった。

その日から自分はルーイーの相棒になった。

ルーイーには《隠行》があった。そして自分には《遠目》《遠耳》があった。

ルーイーは二人で組めば何でも手に入れられると言ったが、実際その通りだった。

狙いは高価な水晶類だ。自分が《遠目》で獲物や見張りの場所を確認し、ルーイーが《隠行》

で忍び込んで盗む。誰も傷つけない、スマートな盗みだ。あそこの取引所、こちらの問屋と襲っては大量の貴石を盗みだし、もぐりの魔術者相手にたたき売った。いくら安く売っても仕入れがタダなのだから濡れ手に粟《あわ》の儲《もう》けになる。

手に入れた金で二人で一緒に遊び回った。

楽しかった。

酒も女も食い物も一流だったが、何よりもルーイーに信頼されたことが得難《えがた》い喜びだった。

――ランダル。おまえは最高の相棒だよ。俺たちは無敵だ。そうだろ？――

ルーイーは年下のランダルを対等な相棒として扱い、なんでも二人で分かち合ったのだ。二人で難しい現場を踏み、笑い合い、馬鹿なこともたくさんした。

それが特権に思えた。

だが、自分はルーイー・ドナヒューという男の表側の半分しか見ていなかったのだ。ルーイーという魅力的な男の裏側の半分を知ったときには、抜き差しならない状態になっていた。

アタッシエケースの仕切りを開ける。

ケースの緩衝材《かんしょうざい》の中には、黒光りする冷たい鉄の塊《かたまり》がひっそり静かに収まっていた。

ずしりと重いそれを手に取ってみる。

人間たちの作った武器で、ピストルという。火薬を使って鉛《なまり》の弾丸を高速で射出し、離れた場所にいる敵を撃ち殺すことができる。

このピストルはかなり前に手に入れたもので、何度か実際に撃ってみている。遠くの標的に当てるのは難しいが、近距離ならば外すことはない。

昨日はルーイーの命日だった。

まさにその日にルーイーの息子がやってくるとは、女神様のお導きでなくてなんだろうか。

◆◆◆

ジャックはレノックスと二人、本部の廊下を並んで歩いた。互いに無言だった。

執務室までの距離の半分ほどを行ったところで沈黙に耐えきれなくなったようにレノックスが口を開いた。

「ジャック」

「なんだ」

「プーカには見つかる、って言っときゃよかったんだ」

「分かってるよ」

だが、言えなかったのだ。ランダルだったら躊躇《ためら》いなく言っただろう。何も心配ありませんよ、と。

「そういや、さっきの話じゃランダルは都市貴族の出で長子ってことか？　俺は聞いたことがなかったが」

「確かにそんな感じはあると思う。ああいうタイプは宮廷にもいたよ」

今までおくびにも出さなかったが、彼の権謀術数《けんぼうじゅっすう》は貴族社会で培《つちか》われたものなのかもしれない。そう考えると、彼の行動原理が少し理解できる気がする。一般的に領地を持たない都市貴族は忠誠を最も重んじる。ランダルの同盟に対する忠誠と献身は都市貴族の出だったからなのではないか。

「もう一つわかったことがあるよ。さっきアグネスから《伝言精霊》が届いたんだ。ランダルの行きつけの店を見つけたらしい」

「おっ、やるじゃないか。嬢ちゃんたち」

「ああ。書店で彼が取り置きにしている本が分かった。『詩の翼』という専門誌だそうだ」

レノックスが急に噎《む》せたように咳《せ》き込んだ。

「どうかしたのか？」

「い……いや、何でもねえ！　とにかくはやいとこ三十年以上前に追放になった古株の会員にリアムの父親の話を聴こう！　名簿を見りゃ加盟した年度が分かるからな！」

「そうだね」

できればランダルと同じ頃に来たメンバーから話を聞きたかった。同時期にラノンを追放になった者なら互いに話すこともあったかもしれない。

廊下の角を曲がると、執務室のドアの前に誰かがいるのが見えた。

ずんぐりとした体軀《たいく》、もつれた灰色の髪。

ギリーだ。

森の精とも言われるギリードゥ族で、今はラムジーが勤めるフローリストの店主をしている。人付き合いが苦手なギリーはラムジーが配達を引き受けるようになってから滅多《めった》に本部に顔を出さなくなっていたから、ここで彼に会うのは珍しかった。

「レノさん……ウィンタース盟主……」

「どうしたんだい？　ギリー」

年輪を刻んだ森の古木を思わせる顔には途方に暮れた表情が浮かんでいる。

そういえば、ラムジーを同盟の仕事で借りることを彼に伝えていなかった。戻りが遅いので心配して様子を見に来たのかもしれない。

「申し訳ないいんだが、ラムジーは同盟の仕事があってしばらく戻れないいんだ」

「それはかまわないんだよね……」

だが、ギリーはドアの前を動こうとしなかった。なにかまだ言いたいことがあるらしい。

「ギリー。僕になにか話があるんだね」

「そうなんだよね……」

ギリーは俯《うつむ》いて何度も手を握りしめては開くことを繰り返している。しばらくそうしていてから、意を決したようにおもむろに話しだした。

「ドナヒューが、ラノンから来たと聞いたんだよね……」

レノックスが応えた。

「ああ。リアム・ドナヒューだ。今そいつを捜してる」

「リアム……？　ルーイー・ドナヒューではない……？　その男は、若いのかね……？」

「若かないが、それほど歳でもない。俺と同年代だな」

「おお……それでは、そのドナヒューはルーイーではない……女神様、感謝します……。ルーイーは、本当に死んだんだよね……もしも生きていたなら五十代の筈なんだよね……」

ジャックとレノックスは顔を見合わせた。考えていることは、たぶん同じだ。

「ジャック！　そのルーイーってのは……」

「リアムの父親だろう」

ギリーはランダルより年上だが、こちらに来たのはランダルより後のはずだ。

「ギリー。僕らはその男について知りたいんだ。ルーイー・ドナヒューはどんな男だったんだ？」

ギリーは風船から空気が抜けるように大きく息を吐きだし、ブルッと身を震わせた。

「あれは、恐ろしい男だよ……」

◆◆◆

ウィンタース盟主とレノックスが出て行くや否や談話室に喧騒《けんそう》が戻ってきた。

「ランダルの奴、本当に逃げたんだな」

「息子が仇討《かたきう》ちするって話だろ？」

「ランダル、そいつの親父を殺して追放になったんかい」

「そうらしい」

「まあ、そういうこともあるよな。俺もひとり殺しちまってる」

「仇討ちがきたらどうする？」

会員に仇持ちは多い。しばらく仇討ちが来たらどうしようという話で盛り上がった。

「ウィンタース盟主は、規則だから同盟は介入しない、って言ったんだってさ」

「ランダルよりウィンタース盟主の方がいいよな」

「ランダルは、やなやつだからな」

「木で鼻をくったよう、ってランダルのことだ」

「慇懃無礼《いんぎんぶれい》だろう」

「嫌味だ」「冷血漢だよ」「それにしつこいんだぜ」

ブラウニーがぽつりと言った。

「……けど、オレたちがフィアカラに囚《とら》われたとき、クリップフォードまで助けに来たんだよな……」

「あんとき、ランダルの《遠目》があったからおれたち助かったんだ……」

皆が押し黙る。

誰もがあのときのことは忘れたいと思っていた。だが、忘れ難《がた》かった。魔術者フィアカラに騙《だま》されて、洞窟に閉じこめられて、もうちょっとで打ち揃って骨にされるところだったのだ。ランダルはウィンタース盟主と一緒に助けにきた。自分たちは彼を罷免《ひめん》したというのに。

プーカが言った。

「……ウィンタース盟主ってさ、まだちょっと頼りないよな」

「かもな」

「真面目過ぎだし」

「人が良すぎる」

「育ちが良すぎるんだ」

「そりゃあそうだ。元王族だもん」

「ランダルも元貴族らしいじゃん」

「けど、ランダルは……なんていうか清廉潔白《せいれんけっぱく》じゃないよな」

「汚いこともする。ズルも」

「けど、悪いようにはしないな」

「酸《す》いも甘いも、ってやつだよ」

「年の功だ」

「ランダル、このままずっといなかったら……？」

妖精たちは互いに顔を見合わせた。

これからもこの世界で生きていかなければならないのに、《同盟》にランダルがいないとしたら……？

レッドキャップが言った。

「オレたちで捜しに行くってのはどうだ？」

◆◆◆

スマホが歌うように短いメロディを奏《かな》でた。メッセンジャー・アプリの音だ。リアムは慌ててスマホの画面を出した。

『ロンドン塔近くのテムズに面した高級ホテルにランダル・エルガーって男がチェックインしている。あんたが捜している男か？』

添付された写真はまさしくあのパンフレットの男だった。高価なスーツに身を包み、アタッシェケースひとつを手に悠然とロビーを歩いている。

ロンドン塔の近くと言ったらここから目と鼻の先じゃないか！　そんな近場に潜んでいやがったのか……。

なめやがって……！

今行けば、まだそのホテルのロビーにいるかもしれない。

カフェを飛びだしたリアムはギョッとなった。通りの向かい側を歩いている男がランダル・エルガーにそっくりなのだ。

まさか……！

ホテルを出てたまたま通りかかったのか……？　そんな偶然があり得るだろうか……？

が、ゆっくり考えている暇はなかった。ランダル・エルガーに似た男は黒塗りタクシーを拾って乗りこんだのだ。

「おーい！　タクシー！」

通りの真ん中に立ち塞《ふさ》がって後続のタクシーを止める。黒塗りでなくミニキャブだが、目についたタクシーはこれ一台だ。

「だめだめ、お客さん。うちは予約専門なんだ。流しの認可が下りないんでね」

「頼む、予約ってことにしてくれよ！」

「迎車料《げいしゃりょう》二ポンドかかるよ」

「いいから！　払うから前のタクシーを追ってくれ！」

「へー！　そういうやつかい！　こいつは面白いや」

ミニキャブの運転手はアクセルを踏みこんでスピードを上げた。ランダル・エルガーに似た男が乗ったタクシーのすぐ後ろにつける。

「近づきすぎだ、目立たないように尾《つ》けてくれ！」

「お客さん、注文が多いね」

ひやひやしたが、お陰で前のタクシーの乗客の後ろ姿が垣間見《かいまみ》えた。金髪を結んでスーツの背に垂らしている。

やっぱり奴に間違いない。ロンドンではスーツに長髪の男にお目にかかることは滅多にないのだ。

「お客さん、探偵かい？」

「そんなようなもんだ」

リアムは数台前を走る黒塗りタクシーから目を離さずに言った。探偵の下請け仕事をしているから嘘じゃない。

黒塗りタクシーはアスペン通りを一路東へと走っていく。ロンドンシティ空港方面だ。

飛行機で高飛びするつもりか……？

だが、ランダル・エルガーを乗せたタクシーは空港のだいぶ手前で自動車専用道路から下道に降りた。

「この先にあるのは何だ？」

「河川敷《かせんしき》の工場エリアだよ。最近は再開発してるけど」

茫漠《ぼうばく》とした鉄と硝子《ガラス》の新開地を過ぎると、景色は草の生《は》えた空き地と仮設の塀《へい》ばかりになった。黒塗りタクシーは薄っぺらい板塀が続く道を走り、作業車両の出入り口のような切れ目から塀の内側に入っていく。

「ここでちょっと停めてくれ」

しばらくすると、塀の中から黒塗りタクシーが現れてそのまま走り去っていった。後部座席にランダルの姿はない。

ランダル・エルガーはここで降りたのだ。リアムは五十ポンド札を二枚引っ張りだして運転手に投げ渡した。

「釣りはいらねえ」

「うひゃあ！　お客さんに神の祝福を！」

「ありがとよ」

ここには神は一人しかいないうえ女神様じゃないが、祝福がぜんぜんないよりはマシだ。

物陰に隠れて中の様子を窺う。

なにかの工場のようだ。操業《そうぎょう》していないらしく、動くものはなにもない。西の果てに落ちかけた太陽が敷地に点在するコンテナに長い影を作っている。

静止画の世界にひとつだけ動くものが見えた。

長い髪を一つに結んでスーツの背に垂《た》らした男がコンテナの影の中を歩いている。

奴だ……！

息を詰めて男の動きを見守る。ランダル・エルガーはアタッシェケースを手に青い倉庫のような建物に入っていった。

いったいこんなところで何をしようってんだ……？

あのアタッシェケースの中のものをこっそり取引でもしようってのか？

ドアに手をかけたが、開かなかった。窓は高いところにしかなく、中を覗くことはできない。

踏み込むべきか？　だが、中の様子が全くわからない。もしかしたら大人数で待ちかまえているのかもしれない。

いや……長年捜し続けたランダル・エルガーがこの中にいるのだ。何を躊躇《ためら》うことがある？

それに、俺には《隠行》があるじゃないか。

ポケットから飛び出しナイフをとりだし、手の甲に薄い傷をつけた。血に含まれる妖素が微《かす》かに青く光り、身に備わった《隠行》の力が目覚めるのが感じられる。

リアムは息を止め、《隠行》で倉庫の壁を通り抜けた。

そこはがらんとして何もなく、空一面の星のように大量の人工照明が煌々《こうこう》と灯《とも》っていた。

白く輝く電気の光の下、ランダル・エルガーがぽつりと一人立っている。

仮面のような顔にうっすらと微笑が浮かぶ。

「リアム・ドナヒューですね」

「……そうだ。あんた、ランダル・エルガー……なのか」

「そう思ったから私のあとをつけてきたのでしょう？」

背筋がゾッとした。

いつからつけてるのを知ってやがったんだ……？

もしかしてはじめからか……？

こいつは俺をここに誘い込んだのか……？

リアムは男の顔を凝視《ぎょうし》した。

口元に柔和な笑みを浮かべてはいるが、笑ってなんぞいないのは目を見れば分かる。死んだ魚の目だ。

「あんた、俺の親父を……ルーイー・ドナヒューを殺したのか」

「その通りです。私がこの手でルーイーを殺したのです」

「何故だ……？　何故なんだ……」

「理由など、どうでもいいではないですか。私はルーイーを死なせたことを認めているのですから」

「違う！　俺は知りたいんだ！　教えてくれ、ランダル・エルガー！　なんで親父は殺されなきゃならなかったんだ⁉」

「話すことは、何もありません」

ランダル・エルガーがゆっくりと腕を持ち上げる。

その手には鈍《にぶ》く光る拳銃が握られていた。

◆◆◆

ギリーの話はジャックの想像の上をいくものだった。

「ルーイーは、死なずに捕まってたら極刑は免《まぬが》れなかったと思うんだよね……」

「そうか……」

それがつまり、リアムの父親ということか。

リアムはこの話をどれくらい知っているのだろうか。

「ありがとう、ギリー。よく話してくれた」

「わたしは心配だったんだよ……だけど、来たのはルーイーじゃなくてリアムなんだよね……」

そう言って廊下を引き返していくギリーの後ろ姿を見ながらレノックスがぼそりと言った。

「とんでもない野郎だったんだな、ルーイーってのは」

「ああ。だがギリーの言うように来たのはルーイーじゃない。リアムだからね」

そこまで言ったとき、視界の斜め上にちらちらする光が点滅した。《伝言精霊》だ。視線を向けると空気に直接タイプを打つように金色のかっちりした字が綴《つづ》られ始めた。

【シールシャより伝言。ジャック・ウィンタース／レノックスへ】

「おっ、もう何か見つけたのか」

【私はリアム・ドナヒューを見つけたと思うわ。このロンドンで《隠行》が遣われたの。《隠行》が使われたのはこの辺りよ】

クリアな映像が送られてくる。川幅を大きく広げて蛇行《だこう》するテムズ川、河川敷、点在する工場とコンテナ。映像の中心にあるのは青い倉庫だ。

【この中のどこかにいるわ。私は《眼》で捜すわ】

「ドックランズの工場地帯だな」

「ああ。たぶん空港の近くだ」

一分も経たないうちに再びシールシャから《伝言》が届いた。

【視《み》えたわ！　青い建物の中にリアム・ドナヒューがいるわ。それにランダル・エルガーも！】

「畜生、リアムに先を越されたか！」

【私は先に行って《導き》を送るからおまえたちはそれを辿《たど》って来て頂戴《ちょうだい》！】

【頼む！】

《低き道》は一方通行だ。こちらから道を開いて行かなければならないが、行き先がわからないまま踏み込めば永遠に出られなくなる。だから自分の場所に相手を誘導する場合にはこの《導き》を使うのだ。魔術者級の難しい術だから誰でも遣えるわけではない。

そのとき、別の《伝言精霊》が届いた。アグネスからだ。

【ラムジーが何か重要なものを見つけたみたい。凄《すご》いぐいぐい引っ張ってるの。場所はウォンズワース】

ランダルの痕跡を見つけたのか。だがウォンズワースとドックランズはロンドンの西と東で、十キロは離れている。

ジャックは急いでアグネスに伝言を送った。

【アグネス。ランダルの現在地はシールシャが把握した。ドックランズの工場地帯だ】

【えええッ？　そうなの？】

【ああ。だから君とラムジーは本部に戻って待機していてくれ】

レノックスが怒鳴った。

「ジャック！　来たぞ！」

視線を室内に戻す。強く輝く小さな光の玉が羽虫《はむし》のように忙しく空中を飛び回っている。

魔女シールシャの《導き》だ。

「〝テエェエエム！〟我は行く！」

レノックスが呪誦《ビショーグ》を唱《とな》えた。

ぐるぐる回転する黒い円が空中に現れ、周囲の空間がぐにゃりと歪む。《導き》の光がすーっとその中に入っていく。ジャックは躊躇わず回転する闇に踏み込んだ。《導き》の光を追って《低き道》の闇から外の世界に踏み出す。

そこは、がらんとした広い空間だった。遥か高い天井に取り付けられた幾つもの電灯が煌々とあたりを照らしている。

光の中にランダルとリアム・ドナヒューの姿が見えた。

ランダルの手には拳銃が、リアムの手には飛び出しナイフが握られている。

レノックスの言った通り、ランダルはリアムを消そうとしていたのか……？

ランダルは銃を構えたままこちらに顔を向けた。

「これはこれは。皆さんよくいらっしゃいました。ウィンタース盟主。レノックス。それにレディ・シールシャ」

ランダルの視線を追うと一足先にこの場所に到着したシールシャがいた。

「シールシャ！　二人を止めろ！」

「私はもうやっているのよ！」

ハッとなった。

ランダルは動いているが、リアムの方はナイフを構えたまま身じろぎもしていない。

「二人ともに《束縛》《キアンゲル》をかけたんだな？」

「そうよ！　私はランダルがなぜ動いたり話したりできるのか分からないわ！」

ランダルは魔法の上級者だが、魔女の《束縛》を破れるとは思えない。魔女・魔術者の力は桁《けた》が違うのだ。

ランダルとリアムを交互に見つめる。何か違和感があった。

「……影だ」

「えっ！　影がどうだってんだ？　ジャック」

倉庫の高い天井近くから照らす複数の照明のせいで床に描き出された影は四方八方に広がる花びらのように淡くて曖昧《あいまい》だ。それでもリアムの足元にはぼんやりとした影がある。自分や、シールシャにもだ。

だが、どう見てもランダルの足元には影がない。

「ランダルの足元だ。影が落ちてない。あれは幻だ。彼の本体はこの場所にいないんだ」

ランダルは穏やかに微笑んだ。

「よくお分かりになりましたね。ウィンタース盟主。さすが私が見込んだ後継者です」

ランダルの幻を注視していたシールシャが黒曜石《こくようせき》のような瞳をパッと輝かせた。

「私は分かったわ、あれは《空蝉《うつせみ》》だわ！　おまえは《空蝉》を使えるの？」

「いいえ。レディ・シールシャ。先代が黒水晶に封じてあったのを解《と》いたのですよ」

「先代は魔術者だったのね。私は会いたかったわ」

《空蝉》か。知識としては知っていたが、見るのは初めてだった。実体のない分身である《空蝉》を作り出し、それを通してリアルタイムで見聞きし、話をすることができる。それこそ魔術者クラスでないと不可能な高度な術だ。

ひとまずリアムがランダルを殺す心配も、ランダルがリアムを殺す心配もないわけだ。

「シールシャ。リアムにかけた《束縛》を解いてやってくれないか」

「いいの？　その男はナイフを持っているわ」

「かまわない。ランダルはここにはいないんだ」

シールシャが小さく宙で手を動かす。

途端にリアムが動き出し、勢い余ってつんのめった。態勢を立て直して、固まっていた身体をほぐすように肩と首をぐるぐる回しながら小さく悪態《あくたい》をつく。

「……くそっ！　魔女め！」

「もう一度《束縛》をかけて欲しいのかしら？」

「冗談じゃねえ！」

リアムはナイフをぱちんと折り畳《たた》んでポケットにしまうと、ランダルの《空蝉》を睨みつけた。

「《空蝉》だとぉ……？　卑怯者め……！　そんなに俺が怖いのか！」

それからゆっくりこちらに目を向けた。

「ジャック・ウィンタース。俺があいつを殺すのを止めに来たのか？」

「そのつもりだったが、必要なかったようだね」

「本当に冗談じゃねえ。ランダル・エルガーの方が俺を殺そうとしたんだぞ！」

「《空蝉》では人を殺すことはできないよ。実体がないんだ」

「だが、そいつは俺をここに誘い込んだんだ！　俺の前にわざと姿を見せて尾行させたんだ！絶対にそうだ！」

確かにこれは奇妙な状況だった。

リアムがランダルの《空蝉》を追ってこの倉庫に来たのは本当だろう。いかにもランダルらしいやり方だ。

だが、何のために？

リアムに殺されずに話をするためか？　それなら拳銃は必要ない。初めからリアムと直接会うつもりはなかったのだから。

何故、こんな手の込んだことを……？

ジャックはハッとした。

ランダルの拳銃で殺すことができる相手が一人だけいる。

まさか……！

「《灰のルール》第二項補足、か……？」

「どういうことだよ、ジャック！」

「ランダルは、リアムに殺される前に自分で自分を殺そうとしているんだ！」

ランダルが拳銃で殺すことができる相手、それはランダル自身だ。

「リアムに第二項補足を適用させないためか？　そうなんだろう？　答えてくれ、ランダル！」

メンバーであろうとなかろうと、同盟メンバーを殺した者は死をもって罰せられる。

それが《灰のルール》第二項補足だ。

リアムがランダルを殺せば、リアムも死ぬことになるのだ。

「本当によくお分かりですね、ウィンタース盟主。その通りです。私が自分で始末をつけます。彼が手を下《くだ》す必要はありません」

拳銃を握った手がすっと持ち上がる。

「念のため記録映像を撮っていたのですが、皆さんが間に合うように来てくれて助かりました。私を殺したのがリアム・ドナヒューではないことがはっきりしますので。これで安心して逝《い》くことができますよ」

「馬鹿なことはやめろ！」

レノックスが猛然とダッシュしてランダルの《空蝉》に飛びかかる。が、霧を通り抜けるように何の抵抗もなく突き抜けて後ろ側に転がった。

「畜生ッ！　本当に幻なんだな！」

「シールシャ！　《空蝉》は彼と繋がっているんだろう⁉　本人の居場所を辿《たど》れないか！」

「急に言われても無理だわ！　私も《空蝉》を見るのは初めてなのだもの……」

見えてはいるのに彼はここにいないのだ。自分たちには手の打ちようがない。

「やめるんだ、ランダル！　僕にはまだ貴君《きくん》が必要だ。《同盟》にとっても貴君はかけがえのない存在なんだ」

ランダルは小さく微笑んだ。

「ごきげんよう、ウィンタース盟主。この世界で貴公に出逢えたのは幸運でした。貴公は私がいなくても大丈夫ですよ。レノックスも、レディ・シールシャもいますしね」

五年前のあの夜の悪夢のような記憶が甦《よみがえ》ってくる。

目の前で我とわが身を焼いて果てたカディル。

あのとき、自分はカディルを止められなかった。

今度もなのか……？　また引き止められないのか……目の前で失うのか……？

じりじりと灼《や》けつくようなものが全身を駆け巡る。

どうすれば……どうすればいい？

そのとき、脳裏に閃《ひらめ》くものがあった。

さっきのアグネスからの《伝言》だ。ラムジーはウォンズワースで何を見つけたんだ……？

【アグネス／ラムジーへ伝言。緊急！】

【ウィンタースさん？　アグネスよ】

【アグネス、今どこだ？】

【ごめん、まだウォンズワースにいるの。ラムジーが地べたに張り付いて梃子《てこ》でも動かない態勢になっちゃって。本部に戻るよう伝えたんだけど】

【いいんだ！　ラムジーが正しかったんだよ！　ラムジーが行きたがる方へ行ってくれ。そこにランダルがいる筈だ。彼は自殺しようとしているんだ。彼を止めて欲しい】

【自殺!?　うん、分かった！　きっと助けるから！】

【頼む！】

狼ラムジーとアグネスの二人なら、ランダルが引鉄《ひきがね》を引くのを止められるかもしれない。間に合えば、だが。

二人がランダルを見つけるまで、時間を稼《かせ》ぐしかない。

レノックスが怒鳴った。

「ランダル！　自殺なんてあんたらしくないぞ！　どんな汚い手を使っても生き延びて同盟を守るんじゃなかったのか！」

「ありがとう、レノックス。貴君は長い間よく仕えてくれた。感謝しますよ。これからもウィンタース盟主を支えて下さいね」

「馬鹿野郎！　俺はあんたの感謝なんざ聞きたかねえ！」

シールシャが《空蝉》に詰め寄る。

「おまえはなんて愚《おろ》かなの？　フィアカラを退《しりぞ》けたというのに、自分で死のうとするなんて！」

「私の役割はもう終わったのですよ。あとはルーイーの息子の望みを叶えてやるだけです」

ランダルは銃口《じゅうこう》をこめかみに押し当てた。

「リアム・ドナヒュー。その目でよく見てください。あなたの父親を——ルーイーを殺した男の最期《さいご》を」

「え……ああ」

当事者にもかかわらず半《なか》ば蚊帳《かや》の外に置かれた状態のリアムは呆然とした顔でランダルを見つめている。

二人を見ているうち、ジャックはひとつの可能性に気づいた。

そうか……！

ランダルの目的はルーイーへの贖罪《しょくざい》を果たすことなんだ。そのために息子のリアムの望みを叶えようとしているんだ。だからリアムの目に見える形で死ぬことを計画した。

ランダルの《空蝉》に向き直り、真正面からまっすぐに見据える。

「ランダル。少しだけ待ってくれないか。リアムに確かめたいことがある。それを貴君にも聞いて欲しいんだ」

「……いいでしょう。急ぐ旅ではありません」

銃把《じゅうは》を握る手が僅《わず》かに下がった。

やはり、リアムの望みが最重要事項なのか……。

だとしたら、ランダルの決意を突き崩す突破口がひとつだけある。今はそれに賭けるしかない。

「リアム。君はどうしてランダルを捜していたんだ？」

「決まってるだろう。ぶっ殺すためだ。俺は、十五のときからずっとランダル・エルガーをぶっ殺そうと思ってたんだ」

「なぜ十五のときなんだ？　そのとき何があったんだ？」

「偶然、俺の本当の親父の名がルーイー・ドナヒューで、ランダル・エルガーって奴に殺されたんだってことを知ったんだ。だが他のことは何も分からなかった」

「父親のことを何も知らなかったのか」

「そうだ。お袋は教えてくれなかったからな。親父の顔も、どんな男だったのかも知らなかった。分かったのは俺が生まれる前に殺されたってことだけだ」

「実を言うと《同盟》には君の父親のルーイー・ドナヒューを知っているメンバーがいる」

「本当か!?」

「ああ。僕はそのメンバーからルーイー・ドナヒューとランダルについての話を聞いたんだ」

「聞かせてくれ！」

予想通り、リアムは俄然《がぜん》食い付いてきた。

「頼む、俺は親父のことを何一つ知らないんだ！」

「その話はしないで下さい、ウィンタース盟主」

ランダルは秘密を抱えたまま死ぬつもりなのだ。

悪いが、そうはさせない。

「いや。リアムには聞く権利がある。彼の父親のことだ」

「ウィンタース盟主！　知らない方がいいこともあるのはご存知でしょう！」

「知らない方がいいってどういうことだ!?」

リアムの目の色が変わった。

「向こうでも、誰も話してくれなかった。お袋の知り合いで親父を知ってる奴はいた筈だ。なのに誰もだ！」

「ルーイーは早くに死んだから彼を知る者は少なかったのですよ！」

「あんたは知ってるんだろ？　なのにさっき俺が親父のことを聞いたら言ったよな。話すことは何もない、と。俺を馬鹿にしてんのか？」

「いいえ。そうではありません。あなたが知るべきことは何もないということです」

「俺が知るべきかどうか、あんたに決められたくねえ」

「リアム。忠告です。聞かない方がいい」

「は！　親父を殺したあんたの忠告だと？」

リアムはランダルの《空蝉》から目をそむけ、こちらに向き直った。

「ジャック・ウィンタース。話してくれ」

「身内にはかなりきつい話だよ。受け止める覚悟は？」

「お袋が話をしたがらない時点で察しはついてんだ。話せよ。俺の親父は、ルーイー・ドナヒユーは、どんなろくでなしだったんだ？」

ランダルの《空蝉》に目をやった。

眉根を寄せ、拳銃をかたく握りしめているが、引鉄にかけた指に力ははいっていない。いま自殺してもジャックが話すのを止めることはできないのが分かっているからだ。

「では、話そう。落ち着いて聴いて欲しい」

ジャックはギリーから聞いたことを話し始めた。

ルーイーは不良青年たちの間で一目置かれる存在だったこと。《隠行》の使い手であったこと。

「ルーイーは、魅力的な男だったそうだ。ある種のカリスマがあったらしい……」

ギリーでさえルーイーの魅力を認めていた。

ルーイー・ドナヒューは破滅の縁《ふち》をかろやかにスキップで歩くような男だったという。その無軌道《むきどう》な足取りに男も女も魅了されたのだ。

「ランダルとルーイーは相棒だった。ランダルの《遠目》《遠耳》とルーイーの《隠行》で貴石泥棒をしていたんだ。二人はいいコンビだったそうだ。だが、ルーイーはランダルには隠していたことがあったんだ」

「盟主……」

ランダルの恨めしげな声は無視することにした。

「ルーイーは仕事に趣味を持ち込まない主義だった。彼は盗みのときは人を傷つけたり殺したりしなかった。ランダルの《遠目》があればその必要はなかったからね。だが、それはルーイーが人殺しをしないということではなかったんだ」

「どういう意味だ……？」

「彼には殺すこと自体が目的だったということだ。彼は自《みずか》らの愉《たの》しみのためだけに人を殺した。ルーイーは関係を持った女性たちを殺したんだ」

「女性たち……？　複数なのか……？」

「はっきりした数は分からない。だが複数だ」

「親父が……殺したのか……何人も……」

「ああ。そう聞いている」

ギリーは片手の指ではおさまらない、と言った。

その頃、町で何人もの若い女性が行方不明になっているのが噂になっていた。遺体は見つからなかったが、おそらくみな死んでいただろうと。

いなくなった女性たちの共通点はルーイーだった。

彼女たちはみなルーイーに憧れていたのだ。その中にはギリーが好意を寄せていた娘も含まれていた。

「ルーイーはランダルを気に入っていた。そのうち仕事だけでなく趣味も分かち合おうとしたんだ」

「趣味……」

「初めは、二人で一人の女性を共有しただけだった」

「盟主……！　それ以上は止《や》めてください！」

リアムが叫んだ。

「止めないでくれ！　ここまで聞いて最後まで聞かずにいられるか！」

「分かった」

ここからが一番つらい部分だった。

一息おいてジャックは核心の部分を話し始めた。

「……ランダルと一人の女性を共有したルーイーは、もっと深いレベルでも分かり合えると考えた。ルーイーは次のステップに進もうとした。一緒に殺しを愉しもうとしたんだ。二人で愛した女性を今度は二人で一緒に殺害しようと提案した」

リアムは張り裂けそうなほど目を見開いてジャックを見つめていた。握りしめた拳《こぶし》が震えている。

「だが、ランダルには受け入れられないことだった。ルーイーがそんなことをするとは想像すらしていなかったんだ。ランダルは次の犠牲者になる筈だった女性と一緒にルーイーから逃げ出した」

ランダルは知り合いだったギリーを頼った。ギリーは二人を匿《かくま》い、逃げるのを手伝ったのだという。

「二人は町を離れて小さな村に落ち延びたが、ルーイーが追ってきた。何かが起きてルーイーはそこで死んだんだ」

そのとき本当に何があったのかはギリーにも分からない。ギリーが知っていたのはルーイーが死に、ランダルが捕縛《ほばく》されて地獄穴送りになったということだけだった。

「……本当なのか……」

しばらくの間、魂が消えたように立ち尽くしていたリアムが怒鳴った。

「ランダル・エルガー！　今の話、本当なのか！」

「……細かい部分が抜けていますが、大筋ではあっています」

「そこで何があったんだ！　あんたは知ってるんだろ！」

ランダルは諦めたように長い溜め息を吐いた。そして淡々と話し始めた。

「彼女と私は湖のほとりの小さな田舎家を借りて隠れ住んでいました。ひと月ほど何事もなく過ぎ、私たちはもう安全だと思いました。しかし、ルーイーはその家を突き止めてやってきたのです。月のない暗い夜でした」

「それで、どうしたんだ……？」

「ルーイーは激怒していて、二人とも殺すという意味のことを言いました。そして先に女を殺そうとして私に背中を向けたのです。その隙に私は後ろから彼を刺したのですよ。ルーイーは私に殺されるとは夢にも思っていなかったのでしょう」

「やっぱり、あんたが親父を殺したんだな……」

「はじめにそう言いました」

「女を助けるため……？」

「ルーイーが何をしようとしていたにしろ、私がこの手で彼を殺したという事実に変わりはありません」

ランダルは再びこめかみに銃口を押し当てた。

「リアム・ドナヒュー。あなたが望むなら、私は引鉄を引きます。あなたが《灰のルール》で罪に問われることはありません」

「俺が、か……？」

「そう。あなたがです」

リアムはまだランダルが彼を助けるために死のうとしているという事実を呑み込めないでい

る。

無理もない。長年仇討ちをしようとつけ狙っていた相手なのだから。

ここからが本当の勝負どころだ。

「リアム！　君は、ランダルの死を望むのか？　それが君の本当の望みなのか？」

「本当の……？　そんなことは、考えたこともねえな……」

「だったら今考えてみてくれないか」

「……そうさな」

言いながら俯いてポケットに片手をつっこむ。

「ジャック！」

「いや、いい」

前に出かけたレノックスを視線で制する。

予想通り、ポケットから取り出したのは煙草だった。

無言のままかちりとライターで火を点《つ》け、唇に咥《くわ》えたまませわしなく何度も吸いつける。火口が小さな赤い星のように明るく輝き、白い灰になってはらはらと落ちた。

「そうさな……」

リアムはもう一度そう言うと煙草を投げ捨て、踏みにじった。

「俺は十五のとき親父の仇をとるために家を出た……」

「なぜ家を出たんだ？　仇討ちのためなら必ずしも家を出る必要はないんじゃないか？」

「言っただろう！　お袋が何も教えてくれなかったからだ！　俺は自分の本当の親父のことが知りたくて……」

噛みつくように言ったリアムは途中でハッとしたように口をつぐんだ。

「……そうだ。家を出るときに考えてたのは親父のことを知りたいってことだったんだ。親父を殺した奴なら知ってると思った。それでランダル・エルガーを捜そうと思ったんだ」

「彼を殺すために？」

「違う……。そうじゃなかった。俺は、ただ話がしたかったんだ。ランダル・エルガーから親父の話を聞きたかった……」

拳を口元にあてて考え込んでいる。

「家を出てから俺はずっとランダル・エルガーを捜してた……盗人稼業でたつきを立てながら捜したんだ……」

明らかにさっきまでの思い詰めた様子とは違う。

リアムの心境《かきょう》に何らかの変化が起きているのではないだろうか。

「そのうち盗人稼業に嫌気がさしてきた。けど、いろいろあってやめられなかった。こんな暮らしをすることになったのも親父がいなかったせいだと思った。親父が生きてたら家を飛びだしたりしなかった……」

握った拳に歯を立て、古い記憶をひとつずつ辿《たど》るようにぽつぽつと呟く。

「親父がいたら俺はもっとまともな暮らしができたんじゃないか……俺が道を踏み外したのは、外道な暮らしをする羽目になったのは、ランダル・エルガーが親父を殺したせいだ……そう思った。そう考えないとやってられなかった。だから俺は、奴をぶっ殺してやろうと思ったんだ……なのに何年捜しても奴は見つからなかった……」

ランダルの《空蝉》は銃口をこめかみに当てたまま哀しげにリアムの言葉を聴いている。

「俺は、長いこと親父の復讐を考えてた。うんざりするくらい長い時間だ。俺は、復讐のために過ごした年月を無駄にしたくなかったんだ……。何度も止めようと思ったが、今まで費《つい》やした時間を考えるとできなかった。俺が盗人稼業から足を洗えないのはランダル・エルガーが見つからないせいだ……奴を殺せば俺の苦労は報《むく》われると思った……復讐を果たせば踏ん切りがつけられる……」

リアムは拳を齧《かじ》るのをやめて顔をあげた。

「……違う。そうじゃない」

彼は目を眇《すが》めてジャックとランダルを順番に眺めた。それから長い息を吐きだし、ゆっくりと言った。

「俺が本当に望んでたのは、復讐を終わりにすることだったんだ。本当は、俺は全部忘れてやりなおしたかったんだ」

ジャックは心の中で快哉《かいさい》を叫んだ。

この言葉を待っていたのだ。

「ランダル。それはリアムの望みではないそうだ」

「そうなのですか？　リアム」

「ああ。親父はろくでなしじゃない……ひとでなしだったんだ。あんたに殺されても仕方なかったさ。畜生、お袋がなんで親父の話を一切しなかったのか、やっと分かったぜ……」

リアムはランダルの方にまっすぐ目を向けて言った。

「あんたが自殺するのは勝手だが、あんたが死んでも俺が無駄にした年月は戻ってこない」

「そう……でしたか」

拳銃を握りしめた右手が震え、銃口がゆっくりとこめかみから離れていく。ゆっくり、ゆっくり。

銃口を下に向け、ランダルは大きく息を吐きだした。

引鉄に指をかけたまま長時間自分に狙いを定めていたのだ。さしものランダルも極度の緊張状態にあったに違いない。

「……仕方ありませんね。ウィンタース盟主も仕事を覚えられましたし、良い機会だと思ったのですが」

「僕にはまだ貴君が必要なんだよ」

ジャックは密《ひそ》かに安堵の息を漏らした。

自分は賭けに勝ったのだ……。

リアムは現実に父親と会ったことがない。

知っていて復讐を望むのと、知らずに想像で考えるのでは重みが全く違う。

リアムにルーイーのことを話したのは、衝撃的な父親の実像によってリアムの胸中《きょうちゅう》に巣くった『父の復讐』という実体のない概念《がいねん》に揺さぶりをかけるのが目的だった。

分《ぶ》の悪い賭けだったが、リアムは乗ってくれた。恐らく彼自身、復讐に疲れていたからだろう。

「リアム。ここでならやり直せる。新しい自分になって生きられるんだ」

「本当にか……？」

「本当だ。ダナの司法は更生の見込みのある者しか地獄穴の刑に処さない。君はやりなおせる。僕らにはその手伝いができるよ」

「ああ。これから世話になる……」

リアムはランダルの《空蝉》にゆっくり歩み寄った。触れようとした手がすっと突き抜ける。

「やっぱり触れないんだな……。もうひとつあんたに聞きたいことがあるんだ」

「私に答えられることなら」

「あんたがルーイーから助けた女はどうなったんだ」

「無事に逃げました」

「その女、リオナって名前じゃないのか」

ランダルは何も答えなかった。ただ哀しげにリアムを見つめている。

「答えないってことはそうなんだな。俺のお袋の名だ」

リアムは唇の端で小さく嗤《わら》った。

「お袋は俺に冷たかった。自分を殺そうとした男の子供だからだったんだな……。だが、それでもお袋は俺を産んだ。あんたの子かもしれなかったからなんじゃないのか……」

「それは、リオナにしか分からないことですよ」

ランダルの目は遠くを見つめている。それでリアムの問いに答えたことになるのは承知の上なのだろう。

「そうだな……俺は親父に似てるか?」

「いいえ。似ていませんよ」

「そうか……少しホッとしたよ。あんたが俺の親父だったらよかったのにな」

そのとき、倉庫の戸口から大きな音がした。

何か重いものがぶつかっているような音だ。戸は少しの間持ちこたえていたが、何回かの衝突音のあと錠が弾《はじ》けとんで戸口が大きく開いた。

破壊された戸口から《同盟》メンバーの妖精たち十数人が勢いをつけて雪崩《なだ》れ込んできた。

「会長！　無事か!?」

「リアム・ドナヒュー！　てめえだな！」

「会長を殺させねえぞ！」

ドワーフにプーカ、ホブゴブリン、レッドキャップ、ブルーキャップ、ボゲードン、タルイス・テーグ、ダナもいる。

みな談話室の常連たちだ。

ランダルの《空蝉》が呆れ顔で言った。

「おまえたち。何をしに来たのですか」

「会長！」

「おれたち……あんたが殺されそうだって聞いて……あれ？」

ランダルと穏やかに話しているリアムに目をやり、互いに顔を見合わせる。

レノックスがメンバーたちに向かって怒鳴った。

「おまえら、もう話はついたんだ！　リアムは仇討ちを諦めた。恨みは水に流すそうだ！」

「本当か？」「本当なのか？」

妖精たちがわらわらとリアムを取り囲む。

「本当だ。復讐なんざつまらねえ。やめだ」

リアムが答えると、全員がワッと歓声を上げた。

「じゃあ、あんたも《同盟》に入るんだな?」

「ああ、そうさせてもらう」

リアムは奇妙に晴れやかな顔をしていた。彼は自らにかけた復讐という呪縛から解き放たれたのだろう。

一方、ランダルは理解しがたいという様子で押しかけてきた妖精たちを眺めている。なぜ彼らが来たのか分からないのだ。

「ランダル。言っただろう。《同盟》にとって貴君はかけがえのない存在だと」

「正直、意外です」

ホブゴブリンが言った。

「俺たちも意外だったさ!　けどレッドキャップが会長を捜しにいこうって言ったらみんなが賛成したんで」

「だって、会長なしじゃなぁ……」

と、レッドキャップ。

「あんとき、洞窟《どうくつ》に助けに来てくれたしさ……」

「オレたち、あんたに死んで欲しくなかったんだ」

「ありがとう。感謝しますよ」

ジャックは小さく微笑んだ。

ランダル自身が考えるより、ランダルはメンバーたちに好かれていたのだ。

「待てよ。おまえら、どうしてここが分かったんだ？」

「アーロンが盟主とレノさん宛ての《伝言精霊》を盗視《とうし》したんだ。映像がばっちり視えたって」

「それでドックランズあたりの川べりの工場だってことは分かったけど、どの建物か分かんなかったから一軒ずつ探してたら今まで掛かっちまった」

「盗視だとぉ？　アーロンの奴！」

唸《うな》り声を上げたレノックスにシールシャが聞き返す。

「私の伝言を盗視したですって？　何者なの？」

「アンヌーンのチーフだ。ここには来てないようだが」

「アーロンは魔術者ではありませんが、幻視力に秀《ひい》でていますからね……」

ランダルが言いかけたときだった。

突然《空蝉》の周囲の何もない空間に大きな狼が出現し、彼を押し倒した。狼は巨体で彼に伸《の》し掛かり、尻尾を旗のように振りながら顔中舐め回している。

ほぼ同時にランダルの手の中の拳銃がもぎ放されるように宙に消えた。

「なんだ!?　何が起こってんだ？」

アグネスが《伝言精霊》を送ってきた。

【ウィンタースさん！　エルガーさんから拳銃を取り上げたわ！】

ようやくラムジーとアグネスがランダルの居場所を発見したらしい。ランダルに飛びついた狼ラムジーの姿が《空蝉》になってこちらから見えるようになったのだろう。

「マクラブ君……！　もういいから……」

ランダルは顔を舐める狼ラムジーを手で押し戻そうとしていたが、効果は上がっていなかった。

「マクラブ君……！」

【アグネス。ランダルは自殺を思い止《とど》まったんだよ】

【えっ、そうだったの？】

【ああ。でも君たちが行ってくれてよかった。僕らはそこがどこかも分からないんだ】

【ウォンズワースの西にある古い墓地の礼拝堂よ。あれから随分歩いたの】

ランダルは狼ラムジーの首を両腕で抱きしめるようにしてふさふさした銀のたてがみを撫でた。

「……マクラブ君。マクラブ君。心配しなくても大丈夫ですよ。私はまだ死にませんから」

リアムは呆れ顔でランダルにじゃれつく狼ラムジーを眺めていた。

「あの狼は……？」

「うちの準会員だよ。あとで紹介する」

「犬コロみてえだな」

レノックスが答えた。

「まあそんなもんだ」

狼ラムジーはますます嬉しそうに彼の顔を舐めている。

アグネスもそばにいる筈だが姿は見えない。ランダルに触れているものしか《空蝉》にならないのだ。

「ランダル。アグネスとラムジーと一緒に本部に戻ってくれないか」

「了解致しました。盟主」

ランダルは起《た》ち上がって服の埃《ほこり》を払い、狼ラムジーの頭に手を置いたまま《低き道》の呪誦《ビショーグ》を唱えた。

「レディ・アグネス。マクラブ君。本部に行きますよ」

ウォウッ！

【じゃ、あたしたちはエルガーさんと先に戻るね】

ランダルとラムジーの《空蝉》がふっとかき消える。《低き道》に入ったのだ。

「うまい落とし所が見つかったな、ジャック」

「ああ。そうだね……」

昼間、レノックスにはああ言ったが、本当のところ穏便《おんびん》に解決する自信はなかったし、周到に自殺の準備を整えていたランダルを思い止まらせることができるとは自分でも信じていなかった。

だが救えたのだ。彼を生の世界に引き止められたのだ。

「あのときは、救えなかったが……」

「ジャック。言わなくていい」

素早くレノックスが先回りした。何を思いだしていたのか気づいたのだろう。がさつなようで、レノックスにはそういう繊細《せんさい》なところがある。

「今回は救えて良かった、ということだよ」

「ああ、そうだな。もっと嬉しそうな顔をしろよ。あんたはランダルとリアム、両方を救ったんだぞ」

妖精たちはリアムを囲んでわいわい騒いでいる。

シールシャが盛り上がっている妖精たちを見回して溜め息をついた。

「私たちはいつまでこんなところにいるの？　私は本部に帰るわよ。一緒に来たい者は来たらいいわ」

エピローグ

レノックスは談話室の入り口で立ち止まって中の様子を覗いた。

長テーブルの一番奥にランダルがいる。

「おや。レノックス。ここで会うのは珍しいですね」

「俺だってたまには茶を飲みに来るさ」

談話室にはいつもの顔が集まっていた。

ドワーフ、ホブゴブリン、プーカ、アンヌーン、レッドキャップ、ブラウニー、ボゲードン、黒い髪のダナ、金髪のタルイス・テーグ。

あのときランダルを助けようと倉庫に現れた妖精たちもいる。

ランダルが談話室に来るようになったのはあの事件の後からだ。週に七日出勤することには変わりがないが、午後のひとときを談話室で過ごすのがランダルの日課になっていた。

ランダルのフラットは焼けてしまったので、今は以前使っていた執務室の隣の仮眠室に宿泊している。文字通り本部に住んでいる状態だ。

焼けたフラットに高額な火災保険がかけられていたのには呆れた。焼けたのは部屋の内装だけで、改装程度で済むから保険金でお釣りが来るという。

レノックスはランダルから少し離れた席に陣取《じんど》った。

「おう。俺にも茶をくれよ」

タルイス・テーグが面倒臭そうに茶器を回してくる。

レノックスはティーバッグで淹《い》れた茶を啜《すす》りながらあのとんでもない一日のことを思い返した。

あのとき、ジャックはランダルを説得しながら同時にアグネスに《伝言精霊》でランダルを捜して自殺を阻止《そし》するよう指示をだしていたらしい。

アグネスとラムジーが荒れ果てた墓地で最初に見つけたのは、古い墓石に供《そな》えられた花束だったという。

あの前日、ランダルは無縁墓に花を供えたのだ。ランダルが毎年一日だけの休みを取る日だ。

ルーイー・ドナヒューの命日に違いなかった。

ランダルは毎年自分が殺した男の命日に花を手向《たむ》けていたのだろう。

ランダルがその日以外には仕事を休まない理由、盟主《めいしゅ》時代に執務室を牢獄のような環境にしていた理由も恐らくルーイーなのだ。

彼はこの世界に来て一日も自分が殺したルーイーを忘れたことはないに違いない。

ランダルはそのすべてを封印していた。彼は日々を贖罪《しょくざい》のために生き、そしてそのまま死ぬつもりだったのだ。

ランダルはスーツを着て生まれてきたみたいに見える。髪を長くしている以外にはラノン人だということも感じさせず、本当はこの世界の人間じゃないかと思えるほどだ。

それは、もしかしたらラノンでのことをすべて封印していたせいだったのかもしれない。

ルーイーというのはどんな男だったんだろうな、と思う。

ギリーでさえ認める魅力の持ち主だ。若い時分だったら誰だって容易に籠絡《ろうらく》されただろう。ランダルがルーイーに関わったのは若気《わかげ》の至りとしか言いようがない。が、それ以上にランダルに若い頃があったというのが不思議な気がする。

ちらちらとランダルに目をやった。

本当に、この男が二人組で盗みを繰り返す無軌道《むきどう》な若者だったなんてな……。全くもって想像できない。

「レノックス。リアムはどうしていますか」

「加盟はしたが、仕事の方はまだ以前のところで働いてます。探偵の助手のようなことをしていたそうで」

今までの仕事は区切りが付いたらやめるが、それまでは続けるという。区切りというのは後任が見つかるまでは辞めないということだ。

ランダルはリアムは父親に似ていないと言ったが、それは大嘘だ。リアムを見たギリーは震え上がった。

ルーイーに瓜二《うりふた》つだという。

が、似ているのは外見だけで中身の方は案外まともなのだ。アーティスト風の風貌でもルーイーが持っていたというカリスマやオーラのようなものはないように思える。

少しばかりカッとしやすいのが難点だが、律義《りちぎ》だし、義理堅いのがわかった。

ジャックは最初からリアムが本当にランダルを殺す可能性は低いと踏んでいたらしい。もちろん頭に血が上った状態では何が起きても不思議はなかったが、落ち着いて話せばなんとかなると考えていたようだ。

その根拠は、リアムが三十歳を過ぎているのに死罪でなく追放になったことだそうだ。若くはないのに情状酌量されたのは、リアム本人の資質によるものだと読んだのだ。

レノックスはリアムが復讐を諦めるとは予想だにしていなかった。リアム自身も気付いていなかった本心を引き出したジャックはさすがというよりない。

予想外といえば、なんといってもランダルだ。

リアムが自分を殺すのを回避するため先に死のうとするとは、全く呆れたものだ。そこまで完璧に本心を隠していたのはさすがランダルというべきだが。

実を言うとレノックスはランダルがリアムを消すつもりだと半ば本気で思っていた。

五年前にラムジーが初めてランダルに会ったとき、「いいひと」だと言ったのを思いだす。あのときはなんと的外れなことを言うのかと思ったが、案外当たっていたのかもしれない。ラムジーの人狼《ウェアウルフ》の感覚は相手の感情までも読み取るのだ。

今回のことで思いがけずランダルの過去と、彼の隠された一面を知った。

ランダルは相変わらず秘密主義だし、嘘つきだし、策謀家《ほうりゃくか》であることに変わりはない。

だが、ランダルを見る目が変わったのは確かだ。

はっきり言って見直した。この男のことを、ほんの少しだけ好きになったかもしれない。少しだけだが。

こうして談話室で皆と茶を楽しむランダルは気ままな楽隠居のようにも見える。

ルーイーの息子に許されたことでランダルも肩の荷が下りたのだろう。

「会長。ジャックとも話したんだが、年に一日じゃなく、もっと休みをとるようにした方がいい。あんただって、もういい歳なんだしな」

「誰がいい歳なんですか、レノックス」

優雅な手つきで茶器を口元に運んでいたランダルがちらりとこちらに視線を投げ掛けた。

「そういえば、私の代わりにレディ・アグネスが取り置きの本を受け取ってくれましてね。『詩の翼』という専門誌なのですが」

レノックスはもう少しで紅茶を噴くところだった。

『詩の翼』にはアマチュア詩人の作品が多く載っている。

実はレノックスも定型詩ジャンルの常連投稿者の一人であり、ペンネームで投稿された作品はしばしば『詩の翼』に掲載されているのだ。

レノックスがひた隠しにしているその事実を、ランダルはいつでも暴露できると仄《ほの》めかしたのである。

「どうかしたのですか？　レノックス」

「い、いや！　なんでもねえ！」

慌ててがぶりと紅茶を飲む。

ほんの少しだろうとこの男に好意を持ったなんて、とんだ間違いだった。

やっぱり、ランダル・エルガーなんぞ大嫌いだ。

クリスマスの奇跡

気になったのは、さっきもその少年を見たからだった。

自転車を停めたときに見たのだから少なくとも三十分は《葬儀社》の駐車場に居たことになる。歳は十二か三くらいで、よそいきの黒ジャケットにネクタイ姿だ。

ジャックは通用口のドアを開けた。

「中に入らないのかい。葬儀が始まってしまうよ」

今日、《葬儀社》の斎場《さいじょう》で人間の葬儀が一件執《と》り行われることになっていた。歳不相応な黒ジャケットはその葬儀に参列するために着せられているのではないかと思ったのだ。

「いやだ」

少年は目を逸《そ》らし、ポケットに手を突っ込んで地面を蹴《け》った。

「親父は、母さんを捨てて、離婚して、勝手に死んだんだ。死んだからって許せるもんか」

「そうか……。君が葬儀に出たくないというなら仕方がないが」

家庭の事情はそれぞれだ。人の心もだ。

だが、時が経《た》てば気持ちが変わることもある。十年後、二十年後に少年は父親に最後の別れをしなかったことを悔やむかもしれない。ジャック自身、父と言葉を交わさないままラノンを永遠に去ったことに悔いが残っている。

「それでも、お父さんに言いたいことはあるんじゃないか?」

「山ほどあるさ!」

少年は嚙みつくように言った。彼の中で何かが弾《はじ》けたようだった。

「親父のせいでオレは学校を変わらなきゃならなかった。友達とも会えない。母さんの再婚相手はイヤなやつだ。なのに母さんはそいつにべったりなんだ……!」

おそらく、今まで誰にも言えず抱え込んでいたのだろう。

少年はとめどなく父への恨みを吐き出し続けた。顔が真っ赤になっていた。そうやって吐き出し、吐き出し、ついに言葉が尽きた。

泣きそうな顔で宙を見つめていたが、ほどなくしてぽつりと呟いた。

「……親父は、オレとの約束を守らなかった」

＊＊＊

レノックスはジャックに『十二夜』総会の出席者リストを手渡しながら尋ねた。

「そいつは、昼間うちでやった葬儀の話か。うちの斎場で人間の葬儀は珍しいな」

《葬儀社》では葬儀と埋葬《まいそう》の手配全般を請《う》け負《お》うが、付属の斎場で顧客《こきゃく》の葬儀を執り行うことはあまりない。人間はそれぞれ信仰する教会や寺院で行うことが多いからだ。

「そうだ。故人が無神論者だったんだそうだ。最近は少し増えているね」

「なるほどな。で、結局そのガキは親父さんの葬儀に参列したのか？」

「考え直してくれたよ。最後にもう一度会って文句を言うと」

「なによりだ」

たとえ文句を言うためでも、会わずに埋葬するよりはずっといい。追放者である自分は二度と親にも兄妹《きょうだい》にも会えない。

「恨み言も裏を返せばそんだけ情が深いってことだ。小さいうちは、親がすべてだからな。でかくなって思い上がったガキは親が百パーセント完璧じゃなきゃ我慢がならないんだ。だが、親も生身だ。完璧なわけがない。だから不平不満も出る」

「なるほど。鋭い考察だ」

「俺だって昔は思い上がったガキだったからな」

一旗あげようと故郷を捨てて王都《おうと》に上って、暴力沙汰《ざた》で人を殺《あや》めて追放の憂き目《うめ》を見た。育った家を出るとき、家族と二度と会えないとは露《つゆ》とも想像しなかった。ジャックは追放がすなわち死ではないと知っていたそうだが、遺《のこ》してきた者と二度と会えないということに変わりはない。

「故郷を出るときはこれが今生《こんじょう》の別れだなんて思いもしなかったさ。追放になる前に島に帰ればよかったと思うぜ」

「誰にも先のことはわからないよ。起きてしまったことは変えられないんだ」

「ああ……そうだな」

家族は自分が死んだと思っていると考えると、やるせなく、申し訳ない気持ちになる。その気になればいつだって顔を見せに帰ることができたはずだ。そのうち帰ろうと思っていたのだ。だが、その日は来なかった。そのうち、そのうちと考えているうちにどんどん月日は流れていく。そしてある日突然、その機会は永遠に失われてしまう。

その子の父親も人生の最後に息子との約束を守れなかったことを悔いただろう。

「……その親父さんの約束ってのは何だったんだ？」

「雪だるまだよ」

ジャックは考え込みながら言った。

「あの子は、雪が降ったら父親と一緒に雪だるまを作る約束をしていたんだそうだ。だが、それからずっと雪は降らなかった。そのあいだに両親は離婚し、約束は果たされないまま父親は事故で亡くなったんだ」

「ロンドンでは積もるほどの雪は滅多《めった》に降らないからな」

「そうだね。それで考えたんだが」

嫌な予感がした。

「ちょっと待て、ジャック。俺は反対だぞ」

「まだ言ってない」

「言ったも同然だ」

「じゃあ、当ててみろよ」

「そのガキのために雪を降らせるってんだろう？　滅多に降らない雪が葬儀の夜に降れば、ガキは親父さんが約束を守ってくれたんだと考えるってことだろう」

ジャックはびっくりしたように瞬《まばた》きした。

「……どうして分かったんだ？」

「分からいでか！」

何年の付き合いだと思ってるんだ？　ジャックの考えることなんぞ、こちとらお見通しだ。

「もちろん、同盟としてじゃないよ。僕の配給分の妖素《ようそ》で……」

「ジャック」

「ロンドン全体じゃなく、あの子の家の周辺だけに……」

皆まで聴かずに遮《さえぎ》る。

「ジャーック」

腕組みして正面からジャックを見据えた。

氷河に落ちる影のような瞳が物言いたげにこちらを見返してくる。しばらくの間そうやって互いに睨み合っていたが、ついにジャックの方が瞼《まぶた》を伏せた。

「……僕だって分かってるさ。言ってみただけだよ」

「分かってるんなら、いい」

ジャックが小さく笑った。

「このあいだもおまえに注意されたんだったな。つい忘れてしまう」

「あんたらしいよ。あんたは人間に甘いからな」

人間たちはさまざまな機械で空を監視して気象をこまかに予想している。兆候《ちょうこう》もなく雪が降ったりしたら大騒ぎだ。気象予報士が発狂する。

そのとき、ノックの音とともにラムジーが執務室に飛び込んできた。

「ジャックさん！　レノックスさん！」

「どうしたんだい、ラムジー」

「雪です！」

ラムジーは栗色の瞳をきらきら輝かせている。

「さっき降り出して、もう積もってきてます！」

「本当か？」

慌てて執務室の小さな窓から外を見た。陽が落ちて濃い藍色《あいいろ》に染まった空からひらひらと白いものが舞い落ちてくる。

肩越しにジャックが窓の外を覗く。

「僕は降らせてないよ」

「ああ、分かってる」

驚いたことに、本物の雪が降ったのだ。にわか雪というより、かなり本気の降りだ。

「このまま降り続けば、ホワイトクリスマスになるかもですね！」

「ホワイトクリスマスというのはそんなに特別なものなのかい？」

「それはもう！　ロンドンでは滅多にないですから！」

ラムジーはよほど雪が嬉しいらしい。狼だったらぶんぶん尻尾《しっぽ》が回っているだろう。

「そういや、サウスバンクにウィンターマーケットの屋台が出てたっけな。これから行ってみるってのはどうだ？」

「行きましょう！　ジャックさんも！」

「いや、僕はまだ仕事が……」

レノックスはどん、とジャックの背中をどやしつけた。

「何言ってんだ。行こうぜ。せっかくの雪を見なくてどうする」

テムズ河岸のサウスバンクには温かなオレンジ色の灯《ひ》に照らされてさまざまな屋台が立ち並んでいた。暖かいりんご酒や香辛料を効かせた炙《あぶ》り肉、とろとろのチーズをかけたポテト、甘いトフィーやチョコレート菓子、色鮮やかなキャンドルなどが競《きそ》うように売られている。

雪はさんさんと降り、行き交う人間たちはみな楽しそうだ。

りんご酒を手にジャックとラムジーが話している。

「クリスマスというのはこの世界の救世主が生まれた日を祝う祭りなのだろう？」

「はい！　だからクリスマスイブは聖夜です。でも、元は冬至《とうじ》を過ぎて太陽が復活するお祝いだったらしいですよ。十二夜が終われば随分日が長くなった気がしますから」

「そうか。ラノンにも似た祭りがあるよ」

聖夜か……。そういえば明日はクリスマスだ。

レノックスは夜空を見上げた。

暗い空から小さな天使のようにくるくると無尽《むじん》に雪は舞い散る。そして人々の肩に、摩天楼《まてんろう》に、マーケットの屋台に、テムズの流れに、優しくふんわりと触れ、この街の綺麗なものも、汚いものも、すべてを分け隔《わへだ》てなく真っ白に包んでいく。

これがクリスマスの奇跡というやつなのかもしれない。

あとがき

縞田理理

こんにちは。縞田理理《しまだりり》と申します。この物語を創《つく》りました者でございます。

本書は《霧の日にはラノンが視える》とキャラが同じですが、お話は独立しているのでここから読んでも全然大丈夫です。ラノン世界の入門書と考えて頂いてもいいかもしれません。

ラノンシリーズは妖精郷から追放された人々が魔法のないこの世界で生きて行く物語です。

ロンドンにある追放妖精たちの秘密組織《同盟》。この中篇集では若き盟主《めいしゅ》と彼を支える仲間たちの日常と冒険を描いています。霜の瞳の元王子やわんこ系人狼、世話焼き苦労性の大男、猪頭《いのししあたま》の男、魔女や怪力少女、策士のイケオジ、モフモフなどが登場します。

《真夏の夜の夢》はシリーズ再開と小説ウィングス百号を記念する祝祭的な雰囲気です。

《誰《た》がための祈り》はシリアスな雰囲気ですが、作者はハッピーエンド主義なのでご安心を。

表紙とイラストはますます冴《さ》え渡る構図の魔術師、ねぎしきょうこ先生！

素晴らしいイラストの数々をお楽しみくださいませ。

それでは、またいつかどこかでお会いすることを夢見つつ。

二〇二〇年三月吉日　縞田理理

ラノン
おまけまんが
原案：縞田先生・絵：ねぎし
だよー
うむ。
ぴしー
ショーンのヤツ親に内緒でケット・シー飼うつもりだったんだと
ほう
私にもおぼえがありますね
捨てといで!!
クローゼットでケット・シーを
えー
ネコ大好き!
俺も隠れてアザラシ飼おうとしたなー
お、晩メシ用かエライな!!
王宮でこっそり竜を飼ってた
なぜかすぐに見つかったが
なんにもいないよー
居た所にもどして下さい
こっそりとは…
ほう

WINGS・NOVEL

【初出一覧】
真夏の夜の夢：小説Wings '18年夏号（No.100）
誰がための祈り：小説Wings '19年冬号（No.102）
クリスマスの奇跡：書き下ろし

この本を読んでのご意見、ご感想などをお寄せください。
縞田理理先生・ねぎしきょうこ先生へのはげましのおたよりもお待ちしております。
〒113-0024　東京都文京区西片2-19-18　新書館
［ご意見・ご感想］ 小説Wings編集部「新・霧の日にはラノンが視える」係
［はげましのおたより］ 小説Wings編集部気付○○先生

新・霧の日にはラノンが視える

著者：**縞田理理** ©Riri SHIMADA

初版発行：2020年3月25日発行

発行所：株式会社 新書館
［編集］〒113-0024　東京都文京区西片2-19-18　電話 03-3811-2631
［営業］〒174-0043　東京都板橋区坂下1-22-14　電話 03-5970-3840
［URL］https://www.shinshokan.co.jp/

印刷・製本：加藤文明社

定価はカバーに表示してあります。乱丁・落丁本はお取り替えいたします。
ISBN978-4-403-54218-3　Printed in Japan

SHINSHOKAN